N & K

Eveline Hasler

Tag der offenen Tür
im Himmel

Nagel & Kimche

1 2 3 4 5   21 20 19 18 17

© 2017 Nagel & Kimche
im Carl Hanser Verlag München
Herstellung: Rainald Schwarz
Satz: Gaby Michel
Druck und Bindung: GGP Media GmbH
ISBN 978-3-312-01036-3
Printed in Germany

1 Der Himmel gerät in Schieflage

Wie immer bei Vollmond riefen der himmlische Türwächter Petrus und sein Adjutant Zelus die Jungengel zur Versammlung.

Sie lagerten sich auf ihre Wolkenkissen, einige noch verschlafen wie irdische Schüler während der ersten Schulstunde.

Doch die Stimme von Petrus, klar und stark, rüttelte sie auf. «Engel im zweiten und dritten Lehrjahr! Unser Himmlisches Management ist in Sorge! Die Menschen wissen nichts mehr vom Himmel und vom Paradies. Unablässig flimmern über ihre Bildschirme Bilder von Ersatzparadiesen. Diese kosten sehr viel Geld, und deshalb rennen die Menschen nur noch dem Mammon hinterher, freudlos hetzen sie durch ihre kurzen Tage. Wenn das so weitergeht, stehen unsere Paradiesgärten bald gähnend leer wie die Nobelhotels in den Schweizer Alpen!»

«Die Menschen sind anspruchslos geworden»,

sagte darauf Zelus. «Sie halten jedes Dorfkonzert und eine halbverkohlte Bratwurst schon für himmlische Freuden.»

«Heilige Einfalt», murmelte Petrus.

«Warum sind sie denn so unwissend?», seufzte Hyazinthus, ein empfindsamer Engel, dem das Geschick der Menschen zu Herzen ging. «Sehen sie denn nicht dauernd fern und hören Berichte aus aller Welt? Und läuten nicht, wo sie gehen und stehen, ihre Telefone?»

«Ja, sie müssten eigentlich sehr klug sein», bemerkte Segafredo, ein pummeliger Engel mit südländisch dunklen Augen. Segafredo meldete sich selten zu Wort. Meist saß er auf seiner Wolke und hörte nur mit halbem Ohr zu, während er durch ein Wolkenloch in die Tiefe starrte.

«Weg von deinem Wolkenloch, Segafredo!», rief jetzt Zelus, der strenge Ordnungshüter. «Wohin starrst du?»

Der Jungengel fühlte sich ertappt und errötete. «Verzeihung, Meister Zelus. Da direkt unter mir dürfte Bologna sein, und ich denke daran, wie ich dort einst in einem Hinterhof Fußball spielte ...»

«Heilige Einfalt», murmelte Petrus. «Morgen vor Sonnenaufgang darfst du im Paradiesgarten Fußball spielen. Hinter den Olivenbäumen ist ein Feld, da werden die Neulinge sanft von ihren irdischen Ritualen entwöhnt.»

«Jungengel brauchen Geduld», brummte Zelus.

Petrus schüttelte nachdenklich seinen Graukopf, bevor er fortfuhr: «Ja, unser Himmlisches Management ist betrübt über die Unwissenheit seiner Geschöpfe. Vor wenigen Hundert Jahren, als die meisten Menschen noch ihre Felder bearbeiteten, lernten sie durch die Beobachtung der Natur vom Sterben im Winter und vom erwachenden Leben im Frühjahr … Sie lebten bescheiden, doch sie wussten, woher sie kamen, wohin sie gingen, wozu sie auf Erden waren. Nun wohnen sie in Waben und stopfen sich an ihren Bildschirmen aus Langeweile den Kopf voll mit Nichtigkeiten. Mit belanglosem, unnützem Plunder! Kein Platz ist mehr übrig, um auf die innere Stimme zu hören.»

Eleusius, Jungengel im dritten Lehrjahr, waren die Sorgen des höchsten Managements schon länger bekannt, immer wieder fühlte er sich davon berührt. «Wir müssen uns etwas einfallen lassen», sagte er. «Wenn ich an meine Erdenzeit denke, dann erinnere ich mich, was irdische Betriebe veranstaltet haben, wenn sie in Schieflage gerieten: einen Tag der offenen Tür.»

«Einen was?», fragte Zelus.

«Einen Open Day, so hieß das damals, in modischem Englisch. Zur Zeit meines Vaters hingegen bediente man sich gern des vornehmen französischen Ausdrucks. Und als die Preußen im neunzehnten Jahrhundert …»

«Zur Sache, Eleusius», mahnte Petrus. «Wie funktioniert denn so ein Open Day?»

«Das geht so: Man lädt alle Menschen zur Besichtigung ein. Sobald welche eintreffen, schickt man die freundlichste Mitarbeiterin an die Tür, sie öffnet, lächelt, lässt die Neugierigen ein. Dann übernimmt ein älterer, erfahrener Mitarbeiter und erklärt den Betrieb. Und schließlich, da die Irdischen immer Hunger und Durst haben, offeriert man leckere Häppchen und etwas zu trinken …»

«Klingt tatsächlich ganz einfach», murmelte

Petrus. «Also, wenn ich so darüber nachdenke: Ich wäre sehr für einen Tag der offenen Tür.»

«Nur einen einzigen Tag, Petrus?», fragte die Engelin Anastasia mit dem mondförmigen Gesicht, die sich im Geist schon die Himmelspforte öffnen sah.

«Ja, Engelin. Und merke dir: Unsere Tage im Himmel sind länger als anderswo, es sind die Brosamen der Ewigkeit.»

Wenn von nun an der Tag der offenen Tür zur Sprache kam, offenbarten sich bei genauer Betrachtung Probleme himmelsspezifischer Art. Logisch, der Himmel ist schließlich nicht so ein simpler Betrieb wie eine Bäckerei oder eine Kleiderboutique!

Auch das Himmlische Management ging in sich und ließ anschließend Petrus wissen, es wolle sich, wenn eine solche Öffnung schon stattfinde, gern persönlich um gewisse Besucher kümmern. Es plane deshalb, gelegentlich seinen Chefsessel zu verlassen, um hinauszutreten und Zwiesprache zu halten oder ein Tänzchen in den Paradiesgärten zu wagen.

«Heißt das, der Thron wäre in dieser Zeit verwaist, o Herr?»

«Genauso ist es.»

«Ist das nicht gefährlich in unserer unsicheren Zeit?»

«Nun, du wirst wie immer Unbefugte fernzuhalten wissen, Petrus.»

«Herr, wie erkennt man Unbefugte bei offener Tür? Mir scheint, Zelus und ich bräuchten Hilfe!»

Diesem Ansinnen gegenüber zeigte sich das Management einsichtig. Es empfahl einen Jungengel auszuwählen, dieser habe in seinem Erdenleben mit schwierigen Menschen Erfahrungen gesammelt, die noch nicht verblasst seien. Komme einer in böser Absicht daher, dann würde so ein Jungengel es spüren.

2 Ein neuer Auftrag für Engel Eleusius

Nur zwei Engel hatten sich freiwillig für den Job gemeldet: Esato und Loco.

«Wir nehmen zur Befragung noch einen dritten hinzu. Ich denke da an Eleusi», sagte Petrus.

Zelus signalisierte durch ein knappes Kopfnicken zurückhaltende Zustimmung.

Sie kamen überein, zuerst Eleusius zu befragen.

«Nun, Eleusi, wir sind etwas erstaunt – warum hast du dich nicht freiwillig gemeldet?», begann Petrus.

«Meister, ich möchte mir etwas Ruhe gönnen zum Nachdenken. Mir scheint, ich habe schon genug Aufgaben bekommen.»

«Aufgaben? Welche denn?»

«Im zweiten Lehrjahr schickte man mich in die Welt zurück, um die weihnachtliche Botschaft zu verkünden.»

«Davon hat man allerdings einiges gehört»,

bemerkte jetzt Zelus schnippisch. «Hast du nicht anlässlich dieses Auftrags in New York mit einer rothaarigen jungen Frau geschäkert?»

«Ja, ja, stimmt. Danke für die schöne Erinnerung, Zelus. Ich habe tatsächlich beim riesigen Christbaum auf dem Rockefeller-Platz eine wundervolle Frau kennengelernt. Ganz natürlich war sie und sehr hübsch. Lebhaft, mit einem Sinn für Humor und einem Herz für andere …» Eleusi lächelte vor sich hin. «Ich habe Rosy dann einem Dichter vorgestellt, der Trost brauchte. Es heißt, die beiden würden sich nun häufig treffen.»

«Eleusi, du hast das damals gut gemacht», sagte Petrus schnell. «Ganz toll, ehrlich. Wie gut, dass Eifersucht nicht mehr zu unserer Welt gehört.»

«Und weiter?», drängte Zelus.

«Nun, im Jahr darauf wurde ich in Waldsiedel Garderobier der berühmten schwarzen Madonna.»

«O weh!», feixte Zelus. «Auch das wurde zu einem Skandal! Das war doch die Geschichte mit diesem Schmuckstück, ein Diamantherz aus schwarzem Lavastein, nicht wahr?»

«Richtig. Das wurde der armen Madonna gestohlen. Zum Glück konnte ich das Herz in einem Antiquitätenladen in Rom wiederfinden. Und gleichzeitig bei einem Fest im Stadthaus verhindern, dass sich der weibstolle italienische Ministerpräsident an die schönste Achtzehnjährige heranmachte. Der Verlobte des Mädchens war mir sehr dankbar.»

«Aha, du verstehst dich also darauf, dich bei den Mädchen beliebt zu machen», bemerkte Zelus sarkastisch.

«Meinst du? Also, hm, also das würde mich freuen.»

«Schluss jetzt mit dem Geplänkel, ihr zwei!», mahnte Petrus. «Eleusi hat in Waldsiedel immerhin verhindert, dass ein amerikanischer Kunsthändler die schwarze Madonna gegen eine weiße ausgetauscht hat. Waldsiedel und sein Kloster sind ihm zu Dank verpflichtet! Aber, Eleusi, das ist doch umso mehr Grund, uns zu helfen, den himmlischen Open Day zu einer Erfolgsstory zu machen?»

«Ich sagte schon, ein bisschen Ruhe wäre mir lieber.»

«Also gut. Dann fragen wir halt als Nächstes Esato.»

Der Name des Jungengels schallte über die Wolkenfelder. Esato eilte herbei und stellte sich mit leicht geöffneten Flügeln, in erwartungsvoller Anspannung, vor die himmlischen Beamten. «Ein Open Day? Eine Herausforderung, meine Herren! Ich fühle mich ihr selbstverständlich vollumfänglich gewachsen.» Dazu drehte er sich ein bisschen, um den Schwung seiner Flügelfedern zu zeigen. «Für diese ernste Aufgabe, glauben Sie mir, tauge ich von allen Jungengeln am besten. Mein Kollege Eleusi zum Beispiel ist noch viel zu wenig geläutert, das sieht man an der Art, wie er eitel seine blonden Locken schüttelt …»

Unterdessen war Loco, der zweite Freiwillige, hinzugetreten und hatte die letzten Worte gehört. «Nun, die üppigen Haare sind wohl Eleusis Natur», kommentierte er laut. «Mich ärgert hingegen, wie er ständig Späße macht! Er lacht eindeutig zu viel! Es fehlt ihm der Tiefgang!» Loco runzelte die Stirn als Zeichen seiner Ernsthaftigkeit und fügte hinzu: «Eleusi ist noch unreif. Hingegen darf ich von mir selbst behaupten, den nötigen Durchblick zu haben für diese wichtige Mission …»

«Danke», sagte Petrus. «Es reicht.»

Am Abend ließ das Himmlische Management verkünden, es empfehle Eleusius für die Aufgabe.

3 Jungteufel Ronaldino wird Spion

In den tieferen Zonen, Hölle genannt, erfuhr man über geheime Nachrichtenwege von der ungewohnten Betriebsamkeit im Himmel und auch vom Plan eines Tags der offenen Tür. Die Nachricht bewirkte Unbehagen, mehr noch, Alarmstimmung.

Man fragte sich, was im bisher so ruhigen Himmel vorgehen mochte. Plötzlich wollte man sich dort der Reklamemethoden einer Geschäftswelt bedienen, deren erfolgreichste Angehörige standardmäßig zur Kundschaft der Hölle gehörten?

Eilig wurde eine Konferenz der höllischen Kader einberufen, auf den Sitzbänken rund um das teuflische Feuer sollte das brenzlige Thema der himmlischen Offensive erörtert werden.

Nach auf kleiner Flamme köchelndem Lamentieren, hitzigem Fluchen und einer Reihe von funkensprühenden Ideen wurde ein Beschluss gefasst. Er lautete: «Wir wollen die Angelegenheit genauer beleuchten und mehr Details erfahren. Einer von uns muss die unbequeme Fahrt nach oben antreten und die himmlischen Ereignisse unter Kontrolle bringen.»

Leichter gesagt als getan!

Denn Tatsache ist: Man kann einen gestandenen Teufel nicht einfach so als Spion nach oben schicken, weil seine Identität sofort enttarnt würde. Außerdem ist das Betreten der ach so licht- und harmonieerfüllten Hallen des Himmels für einen Bewohner der Unterwelt ein Graus, richtiggehend widerlich!

Man einigte sich darauf, die Mission einem Neuzugang anzuvertrauen, einem Jungteufel.

Der Name Ronaldino fiel.

Ronaldino war ein junger Weinbauer aus dem Piemont, der nach seinem frühen Ableben – mit noch nicht achtzehn Jahren war er mit dem Moped auf der Straße nach Alessandria verunglückt – eher durch Zufall in der Hölle statt im Himmel gelandet war. Das kam so: Als der Engel mit der Waage Ronaldinos Leben prüfte und seine Taten wog, hielten sich die Schalen von Gut und Böse ziemlich genau im Gleichgewicht. Als Jungbauer hatte er, wie seine Vorfahren schon immer, Wein gepanscht und später die Familie seiner Schwester um einen Teil des Erbes betrogen. Doch er hatte bereut, etwas davon sogar wiedergutgemacht.

Der Engel der Entscheidung stand also da, mit der Waage in der Hand, und war unschlüssig.

Da rief ihm Ronaldino in jugendlichem Leichtsinn zu: «He, Engel, überleg nicht lang. Mach dir keine Mühe! Ich habe in der Dorfkneipe gehört, in der Hölle sei es lustiger, auch gäbe es da die schöneren Frauen. Über den Himmel hingegen war kaum etwas zu vernehmen, der Dorfpfarrer glaubte zu wissen, man sitze dort auf Kirchenbänken und singe. Eine Ewigkeit lang! Ich habe also nichts dagegen, zur Hölle zu fahren.»

So war es denn nach seinem Willen geschehen.

In der Konferenz hatte sich Ronaldino ganz hinten auf die Bank gesetzt, denn die Haut der Neuteufel ist noch zart wie die von irdischen Babys, und es tut ihnen weh, am lodernden Feuer zu schmoren. Auch roch es für Ronaldinos Nase, die sich kürzlich noch am Duft der Feldblumen und des Weins erfreut hatte, hinter den Oberteufeln widerlich nach Bockmist.

Sein Name war nun also gefallen, man wandte sich nach ihm um.

Sofort setzte ein Gemurmel ein in den Reihen der Alten: «Der da? Aber ist er denn für einen solch delikaten Auftrag geeignet, wirkt er nicht geradezu verboten unschuldig? Eine derart harmlose, ungezeichnete Miene! Augen, die dreinblicken, als könnte ihr Besitzer kein Wässerchen trüben, geschweige denn schlechten Wein für guten verkaufen! Noch keine Hörner, nur zwei Höcker, die leicht unter den dunklen Locken zu verstecken sind.»

Jetzt erhob sich der Generalissimo, der Teufel aller Teufel. Er war ein alter Haudegen, hatte viele Kämpfe gekämpft und viele Schlachten geschlagen, an seinem Militärbéret und an der verblichenen Uniform klimperten Dutzende von Auszeichnungen. Er betrachtete Ronaldino eine Weile von oben herab, mit spöttisch verzogenem Mund. Dann sagte er mit seiner knarrenden, verrauchten Stimme: «Jüngelchen, du wirst also unser Späher. Das hast du begriffen, dass der Himmel uns ganz unverschämt auf den Kopf zu fallen droht? Es heißt, dieses sogenannte Himmlische Management könne von seinem Chefdesk aus jeden Punkt der Erde sehen. Ärgerlich, verdammt ärgerlich! Offensichtlich haben wir diese Technik verschlafen. Schau also, dass du zu diesem Chefdesk vordringst und uns den Trick dieser Fernsicht nach Hause bringst. Hast du das verstanden?»

«Ja, ja», stammelte Ronaldino.

«Aber ich warne dich, Jüngelchen. Die Welt dort oben ist nicht ungefährlich für unsereiner. Stell dich nie in die Nähe der Taufwasserbecken! Du sollst auch kein Manna essen und in kein Gebetbuch schauen, verstanden?»

«Ja, ja», wiederholte Ronaldino.

Der Auftrag, dort oben bei den Himmlischen zu spionieren, kam ihm nicht ungelegen, denn den teuflischen Alltag fand er eintönig: Die grottenähnliche Wohnung der Teufel war trotz des ständigen Feuers lichtarm und feucht, von überallher ertönten Flüche, ihr Echo hallte von den Höllenfelsen wider, man stritt über jede Kleinigkeit, neidete dem Nächsten alles.

Und die Frauen, von denen in der Kneipe seines Dorfs die Rede gewesen war? Bis jetzt hatte er noch keine einzige schöne Frau zu Gesicht bekommen! Hat eine auf der Welt einst für schön gegolten, sah sie hier unten heruntergekommen aus, die Augen vom ewigen Feuer gerötet, der Mund unschön verzerrt vom vielen Zanken und Fluchen.

4 Albert Einstein spielt Fußball

Im Himmel hatte der Tag der offenen Tür indes erstaunlich ruhig begonnen.

«Der erwartete Ansturm der Neugierigen ist bisher ausgeblieben», klagte Petrus. «Vielleicht hat man in unseren himmlischen Gefilden zu wenig Ahnung von Werbung?»

Zwar hatte man sich alle Mühe gegeben, auch die Einzelheiten zu berücksichtigen. Die Besucher mussten erst durch das sogenannte Nadelöhr, bevor sie in die weiten Hallen und Gärten vorgelassen wurden. Diese Art der Sicherheitsschleuse, hinlänglich aus der Bibel bekannt, hatte sich in der Praxis einigermaßen bewährt, wenn viele sie auch als unangemessen eng kritisierten. Man musste den Standard eben hochhalten, um attraktiv zu bleiben.

Eleusius hatte an diesem Durchgang Dienst zu leisten. Hinter dem Tresen saß er auf einem Barhocker. So behielt er ganz gut den Überblick.

Seine Aufgabe bestand darin, den Besucher nach einer Begrüßung in ein kurzes Testgespräch zu verwickeln mit der Frage: «Was erwartest du vom Himmel?»

Enthielt die Antwort Wörter wie Glück, Friede, Gott, bekam der Besucher die grüne Karte. Wollte er sich nur ein wenig umsehen, aus bloßer Neugier, war die Karte rot und berechtigte damit nur für den Aufenthalt in der Vorhalle.

Hatten die Besucher erfolgreich das Nadelöhr passiert, gelangten sie in den Gang, wo sich die Himmelspforte befand. Sie öffnete sich von selbst, geräuschlos. Das kannte man auf Erden zwar seit einer ganzen Weile auch, zum Beispiel in großen Warenhäusern, doch hier schwangen die zwei goldenen Türflügel so anmutig im Takt einer Melodie, dass man unwillkürlich an Engelsflügel dachte. Als Nächstes sah man denn auch in das lachende Vollmondgesicht der Engelin Anastasia, die ein freundliches «Willkommen!» anstimmte.

Dann wurde man von einem Schwarm Willkommensengel in die große Vorhalle geleitet. Sie erstrahlte in gleißendem Licht, über den Boden aus feinstem Marmor tanzten farbige Lichtkringel. Im Normalfall stießen die Besucher Ausrufe des Erstaunens aus, es war erkennbar ein Vorgeschmack der noch verborgenen himmlischen Herrlichkeit. Anschließend durften alle, selbst die Neugierigen mit der roten Karte, durch eins der großen Sichtfenster einen Blick in die Anlagen tun. Man stand also hinter der Scheibe, bestaunte die Paradiesgärten, bläuliche, baumgesäumte Oasen, man entdeckte sanftgeschwungene Hügel mit Olivenbäumen, hinter denen in der Ferne das Meer blitzte. Hin und wieder lösten die vielen Mauern an den Hängen auch Kopfschütteln und Fragen aus, die allerdings ausweichend beantwortet wurden.

Das schönste Gärtchen öffnete sich dem Blick gleich unterhalb des Fensters, eine grüne Tiefe, erfüllt vom Duft der Margeriten, Seerosen und Lilien. Wer Glück hatte, konnte da himmlische, von Schleiern knapp bekleidete Erscheinungen sehen, die irdische Gestalten an den Händen hielten und mit ihnen um blühende Büsche herumtanzten.

«Ach», sagte eine der Besucherinnen, eine

weitgereiste Dame, «da ist es ja, das Paradiesgärt-
chen des Fra Angelico! So hat er es in seiner
Klosterzelle in Florenz gemalt. Und tanzt nicht
Bruder Angelico, der doch vor etwa fünfhundert
Jahren gelebt hat, jetzt selbst da unten? Wieder
ganz jung! Wie kommt das?»

«Die Zeit, Madame, hat bei uns keine Auswir-
kung.»

«Dann kann man im Himmel also nichts ver-
passen, weil man zu spät kommt?»

Anastasia verkniff sich ein Kichern. «Nein,
Madame, hier oben ist immer Gegenwart.»

«Heißt das denn», fragte die Dame weiter,
«dass man hier auch nicht altert?»

«Hier zählt nur Ihre innere Persönlichkeit,
Ihre Seele, Madame, die hat kein Alter.»

Anastasia zog die kleine Besuchergruppe zum
nächsten Fenster.

«Wow!», rief einer der Männer. «Dort neben
dem Garten ist wahrhaftig ein Fußballfeld!»

«Das ist für Neuzuzügler eingerichtet», er-
klärte Anastasia. «Sie werden hier langsam und
sanft von ihren irdischen Ritualen entwöhnt.»

«Da spielen nur junge Männer», fuhr erstaunt

der Besucher fort. «Und einer der Torhüter gleicht doch wahrhaftig Albert Einstein!»

«Er gleicht ihm nicht, mein Herr. Es *ist* Albert Einstein.»

«Was hat er denn genau mit Fußball zu tun?»

«Einstein hat es schon immer geliebt, ein Späßchen zu machen. Und wenn einer der Jungen schlecht spielt, streckt er ihm die Zunge heraus und rollt die Augen.»

«Aha. Ja, so kennt man ihn von alten Fotografien … Es bleibt also in alle Ewigkeit der aufmüpfige Charakter erhalten?»

«Ein bisschen geläutert vielleicht, aber, ja, jeder bleibt er selbst.»

Nun meldete sich eine junge Frau. «Kann man mit Herrn Einstein diskutieren? Über Gott und die Welt und die Relativität?»

«Dieser Austausch mit Menschen, die wir geliebt oder bewundert haben, ist ein Teil des Himmels, ein Austausch ohne viele Worte. Man erkennt die Gedanken des andern, das ist schön, auch für Liebende.»

«Liebe? Ist die nicht irdisch und vorbei?»

«Vorbei? Wo wäre denn da der Himmel?»

5 Im Paradiesgärtchen
von Fra Angelico wird getanzt

Eleusius saß immer noch auf seinem Kontrollplatz im Nadelöhr. Es hatte bis jetzt keine großen Aufregungen gegeben.

Doch jetzt näherte sich eine seltsame Gruppe: Männer in langem Kaftan, mit ungewöhnlichen Mützen oder Kappen, vermutlich orientalisch, dachte Eleusi. Nur die einzige Frau in der Gruppe sah eher westlich aus, mit kurzem blonden Haar und bekleidet mit einem Talar.

Eleusi grüßte freundlich und erkundigte sich, ob die Herrschaften im Himmel etwas Bestimmtes suchten. Die vordersten beiden Männer nickten und nahmen die Mütze ab. Der Dritte sagte von hinten einfach: «Gott.» Und die Frau, die es gehört hatte, fügte hinzu: «Wir sind auf der Suche nach ihm, seit Jahren.»

«Das wird unser Himmlisches Management aber freuen», sagte Eleusius. Der Gedanke versetzte ihn in gehobene Stimmung. Da er drüben den Raum mit dem Chefdesk leer sah, drückte er auf den Knopf für die direkte Verbindung, die in dringenden Fällen von der Pforte aus mit dem Management hergestellt werden konnte.

Ein Sirren ging durch den Raum.

Petrus eilte mit stürmischen Schritten herbei und sah die seltsamen Besucher gerade noch von hinten durch das offene Himmelstor gehen.

«Eleusi, bist du bescheuert, diese Individuen durchzuwinken?»

«Warum, Meister, sind sie dir denn suspekt?»

«Ach, vergiss es», seufzte Petrus. «Nun können wir nichts mehr tun, sie sind durch.»

«Donner und Doria, das Amt des Torhüters ödet mich langsam an», ächzte Petrus.

Kurz darauf stand er am großen Sichtfenster, schaute hinab und ächzte erneut: «Nein, nein, das glaube ich einfach nicht!»

«Was ist denn?», rief Zelus, der neugierig herbeigeeilt war.

Petrus wies mit dem Finger in den Paradiesgarten. «Da, unser Himmlisches Management tanzt mit diesen merkwürdigen Gestalten, die Eleusi hereingelassen hat.»

«Himmel! Hat unser Management die Kontrolle verloren?», murmelte Zelus.

Auch Eleusi hatte die Seufzer von Petrus vernommen und war ans Fenster geeilt. Nach einem kurzen Blick in den Paradiesgarten sagte er: «Ich habe rasch im Internet gegoogelt, wer diese auffälligen Besucher sind. Also, der im schwarzen Gewand dort ist ein Rabbi, der an der Universität von Jerusalem lehrt. Der Zweite mit dem orientalischen Fez ist ein Mullah, ein Gelehrter der islamischen Religion. Und der Dritte, orange gekleidet, ein Guru, ein spiritueller Lehrer des Buddhismus. Die Frau …»

«Die Frau?», hauchte Zelus. Er hatte das Fenster geöffnet und lehnte sich weit hinaus, um alles mitzubekommen.

«Also, die blonde Frau», sagte Eleusi, «ist eine Bischöfin aus Hamburg.»

«Und der Putzmuntere mit dem weißen Sennenkäppi?»

«Der im weißen Rock, der zuletzt noch außer Puste durchs Himmelstor schlüpfte? Das ist

Franziskus, der Südamerikaner auf dem Papststuhl, der es im Vatikan nicht gerade leicht hat …»

«So tanzt also unser Himmlisches Management mit den Häuptlingen verschiedener Religionen», murmelte Petrus voll unterdrücktem Groll.

Zelus sekundierte: «Skandalös!»

Auf dieses Wort hin hörte der Tanz zwischen den blühenden Büschen auf. Die Musik verstummte, und in der schlagartig einsetzenden Stille blickten Petrus und Zelus nach oben, denn von dort hörte man nun die rasselnden Ketten, an denen befestigt ein Bildschirm herabgelassen wurde bis auf ihre Augenhöhe. Petrus las halblaut vor, was auf dem Monitor stand:

BEAMTE DES HIMMELS!

DIE LIEBE ZUR MACHT WEICHT DER MACHT DER LIEBE.

Nun setzte im Paradiesgarten die Musik wieder ein, der Tanz ging weiter.

6 Ein Jungteufel landet im Wäldchen
der Läuterung

Inzwischen wurde der Jungteufel Ronaldino vorbereitet für seine Expedition in Feindesland.

Auf Befehl des Generalissimo beugte sich der höllische Maskenbildner über das noch kindliche Gesicht des jungen Weinbauern. Er pinselte Stirn und Wangen ein bisschen heller, malte die Lippen etwas rosa, prüfte die Locken und zupfte sie in einer Weise zurecht, dass sie die kleinen Stümpfchen der zukünftigen Hörner verdeckten.

Der Generalissimo kam herbei und lobte: «Okay, Jüngelchen, so kann man dich zu den Feinden lassen. Doch halt, dort oben gleißt und blendet das Sonnenlicht! Hier, such dir aus meiner Sammelkiste eine Sonnenbrille aus.»

Ronaldino wühlte in den Brillen und wählte schließlich eine aus, deren Gestell ein Leopardenmuster zeigte. Er setzte sie auf, und der Maskenbildner hielt ihm galant den Spiegel vor.

Als Ronaldino sein Konterfei sah, wackelte sein Bauch vor Lachen, und der Generalissimo, der in seinem Etablissement kaum Gelächter duldete, stand da und hörte, wie Ronaldinos «Hohoho» an einem der Höllenfelsen ein Echo warf und ein paar der angeketteten Hunde zu bellen begannen.

«Was ist, Jüngelchen?»

«Sehe ich nicht aus wie ein Mafiaboss auf dem Trüffelmarkt von Alba?» Ronaldino grinste immer noch.

Der Generalissimo mahnte: «Jüngelchen, keine Kapriolen! Du hast eine wichtige Mission! Unsere neueste technische Errungenschaft, eine Drohne, bringt dich nach oben. Halte dich gut an ihr fest. Und trink noch einen Enzianschnaps, damit dir bei der schnellen Fahrt nicht die Sinne schwinden.»

Die Drohne stieg und stieg. Klein und wendig, sauste sie sonst immer unbemannt ihrem Ziel zu. So musste sich Ronaldino mit aller Kraft festkrallen, die Brille hatte er gleich zu Beginn der wilden Fahrt verloren.

Ich rase durch den Weltraum, stellte Ronaldino erstaunt fest, und es schien ihm, er spüre in der astralen Leere seine Sinne schwinden.

Eine halbe Minute später landete die Drohne hart auf einem Waldboden. Der junge Weinbauer schlug knapp neben einer Eiche auf und verlor für eine Weile das Bewusstsein. Als er erwachte, richtete er sich langsam auf und blickte immer noch leicht betäubt um sich. «Bin ich im Paradies?», murmelte er.

Behutsam wandte er den schmerzenden Kopf auf die andere Seite.

Nein, es sah eher aus wie im Laubwäldchen über seinem Weinberg.

Ein Kuckuck schrie, genau wie damals.

«Ach, wahrscheinlich bin ich in mein früheres Leben zurückgekehrt und muss nur noch den kleinen Fußweg nach unten nehmen, dann bin ich auf meinem Hof», rief er.

Da hörte er jemanden durch den Wald näher kommen.

Ronaldino, geblendet von dem ungewohnt hellen Licht, glaubte Pietro, seinen Schwager, zu sehen, der jetzt mit einem Schwert auf ihn zukam, zornig auf den Erbschwindler, der er einmal gewesen war.

Dann stand das Wesen vor ihm.

«O Pietro, verzeih mir, ich will ja alles sühnen ...»

«Ich bin nicht Pietro», sagte das Gegenüber.

Ronaldino erkannte jetzt, dass das Wesen mächtige Flügel hatte und wohl ein Engel war, auch züngelten kleine Flammen aus dem Schwert.

«Fürchte dich nicht», sagte der Engel. «Wohin möchtest du?»

«Zum Himmel. Sie veranstalten dort einen Tag der offenen Tür.»

«Dann bist du auf dem rechten Weg, junger Mann. Es ist nicht mehr weit. Folge mir.»

Der Engel schritt in strammem Tempo voraus. Sie durchquerten den Wald der Läuterung, ein Gehölz, dessen Äste und Blattwerk den Weg verdunkelten, dann führte der Engel den jungen Teufel eine Mauer entlang bis zum Nadelöhr.

Im schmalen Durchgang saß, etwas gelangweilt, Eleusius auf seinem Barhocker, der Besucherstrom war abgeflaut, es gab kaum etwas zu tun.

Jetzt aber sah er überrascht den Engel Michael auf sich zukommen, ein Himmelsfürst, ein seltener Gast. Der Jungengel grüßte den Erzengel respektvoll.

«Eleusius, höre», begann Michael. «Ich bringe dir diesen jungen Mann, er lag besinnungslos im Wäldchen der Läuterung. Er hat wohl eine lange Reise hinter sich und ist immer noch benommen. Er wünscht, den Himmel zu sehen, und dafür scheint der Tag der offenen Tür wohl veranstaltet zu werden …»

«O ja, wir können gut noch ein paar Besucher gebrauchen», lächelte Eleusius dienstbeflissen.

Der Engelsfürst Michael nickte. «Doch mir scheint, dieser junge Mann braucht Hilfe. Er geht noch wackelig und sieht unscharf. Führe ihn an der Hand, Eleusius. Zeig ihm die Vorhalle und lass ihn durch das Aussichtsfenster schauen, Zelus soll dich so lange hier ablösen.»

Widerwillig gehorchte Zelus. Es gab Interessanteres, als im engen Schlauch des Nadelöhrs zu sitzen. Er setzte sich also auf den Hocker hinter der Theke und beobachtete missmutig, wie

Eleusius dem jungen Besucher arglos die Hand reichte.

«Halt! Immer mit der Ruhe», schnappte der Himmelsbeamte. «Eleusi, man darf dem Neuankömmling wohl noch ein paar Fragen stellen? Also, junger Mann, ich möchte von dir wissen: Warum ertragen deine Augen kein Licht?»

«Das Licht ist hier unglaublich hell, heller noch als im Piemont, wo ich einst Weinbauer war», antwortete Ronaldino und zwinkerte zu der strengen Miene über dem Kontrollhocker hinauf.

Der Wächter blickte immer noch unzufrieden, und Ronaldino, nach wie vor schwindlig von der abrupten Landung im Wäldchen, glaubte, weitere Auskünfte würden seine Sache befördern. «Damals waren meine Augen noch in Ordnung, und ich liebte das Frühlicht über den Hügeln.»

«Damals? Und jetzt?»

«Nun, wo ich jetzt bin … ist es stets schummrig.»

«Schummrig? Aha?» Zelus wandte sich von Ronaldino ab und flüsterte Eleusi zu: «Mir gefällt etwas nicht an dem Kerl. Er versteckt etwas.

Ich werde Petrus bitten, ihn nicht aus den Augen zu lassen. Bring den jungen Mann einstweilen in die Vorhalle.»

Eleusi war froh, die strenge Befragung seines Kollegen hinter sich lassen zu können. Mit dem Besucher an der Hand verließ er das Nadelöhr und stand kurz darauf vor dem Himmelstor.

Seltsam, das Tor wollte sich offenbar nicht, wie sonst, automatisch öffnen. Als die Flügel sich endlich merkwürdig langsam in Bewegung setzten, quietschten die Scharniere gequält. Auch ertönte die gewohnte Hintergrundmusik unangenehm verzerrt, metallen.

Ein Techniker sollte sich das noch vor Ende des Open Day mal ansehen, dachte der Jungengel.

7 Jungengel und Jungteufel
umarmen sich

Das Himmelstor hatte sich hinter Eleusi und Ronaldino geschlossen, nun erreichten sie im Vorhimmel die lichterglänzende Halle.

Mit jedem Schritt war der noch etwas benommene Spion wacher geworden. Ging von der Berührung des Engels neben ihm eine stärkende Kraft auf ihn über?

Ronaldino staunte. Über den Boden aus geädertem Marmor floss in vielfarbigen Wirbeln Licht um seine armseligen Füße, ein Strahl stieg an ihm hoch, diesmal hielten seine Augen der Helligkeit stand.

«Blendet es dich nicht mehr?»

«Nein, nein, jetzt geht es besser.»

Hier, in der Vorhalle des Himmels, war Ronaldino, sein Herz stehe still.

Ach was, ich habe ja kein irdisches Herz mehr, dachte er lächelnd. Und was mich da überkommt, ist keine Schwäche, nein, es ist Glück! Ihm schien, er sterbe ein weiteres Mal, und diesmal habe er den Himmel gewählt.

«Wie wunderschön», seufzte er. «Darf ich hier ein bisschen still stehen, geht das?», fragte er seinen Begleiter.

«Natürlich. So lange du willst. Es gibt hier keine Zeit. Ich heiße übrigens Eleusi, und du?»

«Ronaldino.»

Der Besucher schloss die Augen.

Flötenmusik erklang. Es war plötzlich Frühling, Ronaldino wieder dreizehn, und er stand mit zwei Nachbarsburschen und den Lämmern aus dem Dorf am Abhang des Hügels. Seine Begleiter, zwei Brüder, bliesen auf selbstgemachten Flöten, die Töne schienen zu hüpfen, und die Lämmer folgten ihnen mit munteren Sprüngen.

So standen sie lange, gebadet im frühen Licht der Hügel.

Mit einem Seitenblick auf den Himmelsneuling fragte Eleusius nach einer Weile behutsam: «Wenn du so weit bist, können wir dort drüben ans Fenster gehen. Von da sieht man auf die himmlischen Anlagen.»

Ronaldino erwachte wie aus einem Traum. Er war erstaunt, Eleusius neben sich zu sehen, doch er folgte ihm ohne zu zögern zum großen Fenster.

Unten im Paradiesgärtchen waren die Patriarchen verschwunden. Nur die Bischöfin tanzte noch allein und in sich versunken zwischen hohen Blütenstengeln.

«Seltsam», murmelte Ronaldino. «Ich sehe ja gar keine Kirchenbänke, und man singt keine eintönigen Lieder ...»

«Haben die Pfarrer in deiner Kindheit so langweilig vom Himmel gesprochen?»

«Ja, genau so.»

«‹Heilige Einfalt›, würde mein Chef Petrus sagen.» Eleusi dachte einen Moment nach, bevor er kopfschüttelnd fortfuhr: «Kein Wunder, dass die Menschen nichts mehr vom Himmel wissen wollen. Auch über das Himmlische Management verbreiten einige Kirchenmänner abstruse Behauptungen – wie sollen die Menschen da noch Vertrauen fassen?»

Ronaldino nickte, gab dann zu, Gott und das Paradies habe ihn in seinem kurzen Erdenleben nie besonders beschäftigt. Seine einzige Hoffnung sei das Weinfest im Dorf gewesen, dort habe er eine Silbermedaille für seinen Weißen erhofft und anschließend beim Tanz mit der schönen Nachbarin mindestens ein Küsschen … Er blickte Eleusi offen an und dachte: Vor dem kann ich ohnehin nichts verbergen.

«Und du wolltest also nicht in den Himmel kommen?»

«Nein, ich Einfaltspinsel, ich wählte die Hölle.» Das war ihm einfach so entwischt.

Eleusius schaute ihn an: freundliche Gesichtszüge, die Augen blickten klar. Ein lauterer, vielleicht noch etwas unreifer Geist. Er konnte kein Unrecht an ihm finden.

«Darf ich dir einen Rat geben, Ronaldino? Lass hier oben nichts von deiner Herkunft und deiner Geschichte verlauten. Das bleibt unter uns.» Und als der junge Besucher ihn fragend anschaute: «Ich werde eine Gelegenheit suchen, deinen Fall dem Himmlischen Management vorzutragen. Sag, musst du denn unbedingt dorthin zurück, wo du hergekommen bist?»

«Leider, das lässt sich nicht ändern. Ich muss.»

Vorbei das Bad in Licht und Freude.

Ronaldino war zutiefst erschrocken. In seiner Tasche zappelte das Telefönchen, das ihm der Generalissimo mitgegeben hatte. Er tastete danach. Da war sie wieder, die Erinnerung an sein Höllenleben, und erneut hatte er die widerliche Stimme des Generalissimo im Ohr: «Höre auf mein Klopfzeichen, Jüngelchen. Es mahnt dich zur Rückkehr. Die Drohne wird im Wäldchen vor dem Ort, den sie Himmel nennen, auf dich warten.»

«Und was passiert, wenn ich etwas länger oben bleibe?»

«Wer ausbleibt über das notwendige Maß hinaus, der wird von den Höllenhunden gejagt. Und nach seiner Rückkehr wird er wie die Hunde am Höllenfelsen angekettet.»

Ronaldino konnte schon den Lärm und das Keifen in der Hölle nur schwer ertragen, doch das Schlimmste waren die Hunde. Er liebte Tiere, und es zerriss ihm das Herz, wenn er mit ansehen musste, wie die armen Hunde halb ausgehungert an den Ketten zerrten. Der älteste, Zerberus, hatte sich irgendwann in sein Schicksal ergeben, stumpf lag er da, schielte, fletschte die Zähne. Die zwei jungen Hunde Zerbie und Herbie hingegen hatten einen Blick, in dem noch ein Funke Hoffnung glomm, dass es jenseits dieser Felsen ein anderes Leben geben könnte, mit Gras, Blumen, ein paar Knochen und einer streichelnden Hand … Oft warf Ronaldino ihnen heimlich einen Bissen zu. Es musste nur hinter dem Rücken des Generalissimo geschehen, der der festen Ansicht war, Jungtiere müssten Hunger leiden und Schläge bekommen, um als Höllenhunde zubeißen zu lernen.

Ronaldino, immer noch in Gedanken an die Hölle, seufzte: «Ach, wie spät mag es jetzt sein, Eleusi?»

Und Eleusi gab zurück: «Keine Ahnung. Dem Glücklichen schlägt keine Stunde.»

«Nun, obwohl auch ich Glück verspüre: Ich muss jetzt sofort gehen.» Ronaldinos Stimme klang niedergeschlagen.

«Du wirst wiederkommen», sagte Eleusi.

«Glaubst du das wirklich?»

«Ja.» Und der Jungengel umarmte den Jungteufel zum Abschied.

8 Generalissimo lässt fragen: «Glück, was ist das?»

In der Hölle wartete der Generalissimo ungeduldig auf die Rückkehr des Jungteufels. Auf seinen Befehl hin hatten sich alle Chargen der Unterwelt um das große Feuer versammelt, neugierig erwartete man den Spion und seinen Bericht.

Endlich, in Begleitung des Pförtnerteufels, trat Ronaldino in die Feuerhalle. Mit einem hämischen Lachen übergab der Pförtner den jungen Burschen dem Generalissimo.

Der Höllenboss hielt Arm und Kragen seines Spions fest. «Also, her mit deiner Ausbeute, Jüngelchen!»

Ronaldino wand sich. «Worüber soll ich denn als Erstes reden, Boss?»

«Erzähl mir von Knöpfen, Drähten, Kabeln, Teleskopen! Alle Tricks der himmlischen Fernsicht, die auf meiner Wunschliste zuoberst stehen!»

«Das Chefbüro des Himmlischen Managements war diesmal verschlossen, Boss.»

«Diesmal?»

«Ist mir unangenehm, das zu sagen, aber ich muss nochmals nach oben. Immerhin ging ich diesmal durch das Himmelstor und gelangte in die himmlische Halle! Das ist bis jetzt, so denke ich, noch keinem Teufel gelungen.»

Der Teufel aller Teufel ließ Kragen und Arm seines Spions los und wandte sich im Ton seiner üblichen Generalsreden an die höllischen Untertanen: «Ober- und Unterteufel, Teufelchen und Biester! Die Gebräuche unserer Konkurrenz sind aggressiv geworden! Von wegen himmlischer Friede! Doch ich habe auf dem Kriegspfad gelernt, dass man von einem verhassten Konkurrenten lernen soll. In diesem Sinn wollen wir jetzt Ronaldino berichten hören, was denn am Himmel so besonders ist. He, Ronaldino», der Boss sah sich um. «Wo steckt er denn, unser Neuteufel?»

Der Pförtner, der noch nicht in die Kälte hinauswollte und sich am Feuer seine Hände wärmte, zeigte grinsend zur hintersten Bank.

«Aha!», rief der Generalissimo. «Er klebt schon wieder ganz hinten auf dem Katzenbänkchen, weit weg vom Feuer! Ein typischer Anfänger, ha, ha, ha. Immerhin, Jüngelchen, du hast das Kunststück geschafft, durch das verschlossene Tor in die große Halle des Himmels zu kommen! Nun, lass hören, was ist dort in der Halle denn so besonders?»

«Ich empfand Glück.»

«Glück? Hm. Das sagt mir nichts. Es ist wohl ein Begriff, der aus unserem eher technischen Vokabular gestrichen wurde ... Oder wer von euch Höllenbewohnern hat schon Erfahrung gehabt mit Glück?»

Jacky, ein ehemaliger Autohändler aus der Bronx, erhob sich. «Also, ich hatte ganz hinten in der Garage einen Ferrari, einen Unfallwagen. Das Innenleben mausetot, denn er hatte ziemlich lang unter Wasser gelegen. Ich flickte notdürftig das Offensichtliche zusammen, ihr wisst schon, damit es nach was aussieht: Polster säubern, Farbe ausbessern, vor allem den Lack polieren. Da kommt so ein Mafiaboss und legt mir für den Karren das Zehnfache seines Wertes hin, einfach so auf den Tisch! Da hatte ich verdammt viel Glück!»

«Aha. Hm. Gut. Und du, Ricky?»

Ricky, ein drahtiger Kerl, hatte sich auch gemeldet und war aufgestanden, aus alter Gewohnheit strich er sich mit allen zehn Fingern durch das gegelte Haar. «Also, Boss, ich spannte einem Kollegen sein Mädchen aus, eine Rote mit großen Titten. Die hatte zwei Schwestern, sie waren Drillinge, und ich, voll im Glück, trieb es mit allen dreien, bis das Kleeblatt mich langweilte. Ich entdeckte dann eine Vierte, die ich unbedingt haben wollte, aber die hab ich nicht gekriegt …»

«So, so. Na gut. Noch einer? Ja, Zaster, los, was ist deine Geschichte?»

«Ich hatte in Sao Paulo einen Laden für Waffen, hauptsächlich Pistolen. Eines Tages eröffnete ein frecher Immigrant aus Buenos Aires einfach neben meinem Laden einen eigenen und begann, Gewehre zu verkaufen. Bis eines Abends: Knall und Pulverdampf, hoho! Und ich, nicht lange gefackelt, habe seine komplette Kundschaft übernommen. Da hatte ich ein verdammtes

Glück! Bis dann leider der nächste Konkurrent kam …»

«Danke, ihr Teufel! Nun lass hören, Ronaldino: Ist es das, was du da erlebt hast, dein Glück dort oben?»

«Nein, es ist anders. Glück ist – in dir. Du schließt die Augen und gehst schwerelos, in Licht und Liebe getaucht, aus der Zeit.»

«Licht? Liebe? Klingt langweilig. Und das ist alles?»

«Das ist alles.»

Der Generalissimo war einverstanden, Ronaldino noch einmal zum Himmel fliegen zu lassen. Diesmal allerdings mit dem strikten Befehl, seine ganze Aufmerksamkeit auf die Fernsichtanlage auf dem Chefdesk zu richten.

«Hörst du, Jüngelchen, diesmal muss es klappen! Da es wohl nicht kampflos abgeht, gibt dir unser höllischer Freund Zaster eine Schusswaffe mit.»

«Das Unternehmen wird so oder so nicht einfach sein, Boss!» Bei diesen Worten lächelte Ronaldino mit seinem oberitalienischen Charme, denn in Gedanken war er schon weit weg von der Hölle. Er sehnte sich nach dem Glücksgefühl in der himmlischen Halle und dachte: von wegen Fernsicht. Ich will etwas anderes, und irgendwie werde ich das schon hinkriegen. Eine Schusswaffe? Schnapsidee. Ein Freund hilft da mehr. Eleusius wird mir beistehen.

Der Flug mit der Drohne funktionierte reibungslos. Ronaldino war den Ritt schon gewohnt und konnte sich, während er nach oben schoss, mehr oder weniger in Ruhe die Wolkenbänkchen betrachten.

Die Landung im Wäldchen der Läuterung hätte diesmal nicht sanfter sein können, Ronaldino landete mit dem Hintern auf einem Polster aus Honigklee. Schnell rappelte er sich auf. Selbständig fand er den Weg zwischen den Baumstämmen bis zum Nadelöhr des Himmels.

Leider saß im engen Durchgang Petrus und nicht Eleusi.

Petrus, der bestrebt war, keinen Unbefugten ins Paradies einzulassen, blickte erstaunt auf den Besucher mit dem zerzausten Haar.

«Aha, da kommt er wieder!», rief der Himmelspförtner. «Dem Himmel sei Dank für mein Gedächtnis! Du bist doch Ronaldino, nicht wahr?» Und Petrus dachte daran, dass Zelus ihn aufgefordert hatte, ein Auge auf diesen auffälligen jungen Mann zu werfen. «Wohin bist du denn bitte schön so rasch verschwunden?»

«Es tut mir leid, Meister, ich musste schnell mal weg.»

«Hmf. Was riecht denn da so? Mir scheint, du riechst streng nach Braten.»

«O ja, das ist gut möglich. Wir hatten unten ein großes Grillfest.»

«So? Unten? Und was suchst du im Himmel?»

«Glück. Und …»

«Und?»

«Ein größeres Blickfeld.»

Eleusi hatte an der Himmelstür, deren Scharniere er soeben mit einem Techniker prüfte, Ronaldinos Stimme erkannt und ahnte, dass es Schwierigkeiten mit dem Wächter des Himmels gab. Darum eilte er sofort herbei. «Überlass ihn mir nur, Petrus. Ich garantiere für ihn.»

«Nun», sagte Petrus, «auch am Tag der offenen

Tür lassen wir nicht jeden ein. Du hast offenbar ein Faible für ausgefallene Individuen. Ich denke da auch an die Gruppe im Paradiesgärtchen.»

Eleusi lachte. «Das Himmlische Management teilt, was diese Gruppe angeht, anscheinend meinen Geschmack. Und ich nehme an, das Management hat hier immer noch das Sagen. Oder?»

Petrus hüstelte verlegen.

«So ein kleiner Beamtenaufstand hat allerdings auch eine ehrwürdige Tradition. Zum Beispiel versuchten in den Städten des Mittelalters die sogenannten Meier die Herrschaft an sich zu reißen, als …»

«Halt ein, Jungengel! Deine historischen Kenntnisse hängen mir zum Hals heraus! Aber hast du überhaupt nur eine Ahnung, was mit unserem Himmlischen Management gerade los ist?»

«Also gestern war ich noch im Büro, da stand auf dem Bildschirm über dem Chefdesk: DER HIMMEL HAT VIELE WOHNUNGEN.»

«So, so, hat er das, der Himmel …»

Zelus, der Adjutant, war hinzugetreten und hatte mitgehört. Ein abschätziges Lächeln huschte über sein Gesicht, als er sagte: «Petrus, sind die

Parolen des Himmlischen Managements nicht langsam gefährlich?»

Petrus schwieg. Er schien scharf nachzudenken, denn er kratzte sich hinter dem linken Ohr im Grauhaar.

Nach dieser Pause wandte er sich an Eleusi: «Sag mal, du Heißsporn, bist du überhaupt befugt, das Büro des Himmlischen Managements zu betreten?»

«Zelus hat mir neulich einen Umschlag mit dem Passwort für die Tür übergeben, darin befand sich der handschriftliche Auftrag unseres Managements, die Wolkenorchideen im Büro zu gießen, den großen Papierkorb zu leeren und den weißen Sternenstaub vom Chefdesk zu wischen, der sich immer dort festsetzt.»

Als Petrus stumm blieb vor Erstaunen, konnte sich Eleusi nicht verkneifen, den himmlischen Türöffner zu erinnern: «Meister, hat mich nicht das Himmlische Management persönlich zu Eurem Assistenten bestimmt, während unserer Aktion der Offenen Tür?»

«Stimmt.»

Und Petrus entfernte sich brummend.

Wieder führte Eleusius den jungen Ronaldino durch das himmlische Flügeltor.

Der Techniker, der für die Reparatur zuständig war, stand mit seiner Werkzeugkiste noch in der Nähe. «Seltsam, die Türflügel quietschten gerade wieder», sagte er. «Hören Sie? Auch das Halleluja tönt etwas gequält! Halli ... Hallo ... Halle ... Lui ... Lui ... Ja – aaa. So sollte es doch nicht tönen, oder täusch ich mich?»

«Erkundige dich bei Herrn Mozart im Konzertsaal auf Wolke vierzehn», rief Eleusius lachend und zog Ronaldino rasch in die Lichthalle.

Kaum machte Ronaldino neben Eleusi auf dem wolkenweißen Boden ein paar Schritte, überkam ihn das bekannte Glücksgefühl.

«Oh, Eleusi, darf ich wieder hier stehen bleiben?»

«Aber sicher. Du weißt doch, hier oben haben wir keine Eile.»

Diesmal wurde Ronaldino zu dem dunkellockigen Kind, das mit seiner Mutter im Aprilgras inmitten der jungen Schafe stand. Mama Domenica legte ihm einen der weißen Wollbälle über die Schultern, selig spürte er die Last, das

Schäfchen leckte seine Hand. Der Kopf der Mutter rückte näher, in ihren dunklen Augen sah er sein Spiegelbild.

Da fuhr ein Klopfen über den Rücken des Träumers. Das Erinnerungsbild zerplatzte.

«War es wieder gut?», fragte Eleusius.

«Noch schöner als das erste Mal. Mir ist, als schwebte ich ein bisschen über dem Boden.»

«So ist es auch», lachte Eleusius. «Ich sehe nämlich, du hast zwei kleine Flügel bekommen auf den Schulterblättern.»

«Flügel?» Ronaldino erschrak. «Und ... was ist ... mit meinen Hörnern?»

Eleusi strich Ronaldinos Locken beiseite. «Ach, das sind bloß zwei kleine Höcker.»

9 Wohin mit der Bischöfin aus Hamburg?

Petrus und Zelus standen in der Halle am großen Fenster, und da sie Eleusius vor dem Büro des Himmlischen Managements entdeckten, winkten sie ihn herbei.

«Nur damit du es weißt, Eleusi», begann Petrus, «du hast uns einige Umstände gemacht mit der von dir voreilig eingelassenen Gruppe der Religionsvertreter.»

«Umstände? Weshalb?»

«Die Teilnehmer möchten ihren Aufenthalt im Himmel um einige Tage verlängern. Jedenfalls solange die Aktion der Offenen Tür dauert.»

«Und? Ist das Himmlische Management nicht einverstanden?»

«Nicht einverstanden? Dass ich nicht lache! Das Himmlische Management ist begeistert von der Idee, dass diese Leute, die sich Monotheisten nennen, eine Konferenz abzuhalten gedenken.»

«Ein Open Day ist wohl für so etwas da», warf Eleusius ein. «Und wo ist das Problem, Petrus?»

«Ach, Eleusius, du bist wirklich ein noch recht unreifer Lehrengel! Weißt du nicht, wie kompliziert es ist, solche Leute im Himmel unterzubringen? Jede Person gehört einer anderen Religion an! So müssen wir jede dort einquartieren, wo sie hinpasst: der Südamerikaner mit dem weißen Sennenkäppi zum Beispiel in das Paradies der Katholiken. Siehst du dort drüben die große Anlage mit der Mauer?»

«Ja. Sieht aus wie ein riesiges Schafsgatter. Was ist das?»

«Nun, jede Konfession glaubt, den Himmel für sich zu haben. Jede hält sich für auserwählt, für allein seligmachend … Die Protestanten, zu denen die Bischöfin aus Hamburg gehört, haben nebenan ihr eigenes Gehege …»

«Aber es sind doch alles Christen?»

«Das ist richtig. Aber vor nicht allzu langer Zeit haben sie sich noch die Köpfe blutig geschlagen.»

«Und die Muslime?»

«Deren Reich ist hinter dem Hügel: blick-

dichte Mauern und dahinter Zelte, Allahs Paradies. In gebührendem Abstand dazu die Juden,
das Paradies Jahwes.»

Eleusius hatten diese Erklärungen verwirrt.
«Sag mal, Petrus, sie alle verehren doch nur einen
Gott. Sind die Vorstellungen, die man sich von
ihm macht, wirklich so verschieden wie die Namen, die ihm gegeben werden?»

«So ist es wohl», meinte Petrus.

«Und die Buddhisten?»

«Sie scheinen mir von allen am wenigsten
kompliziert, manchmal sind sie unter den Bäumen vor ihren Mauern anzutreffen ... Jedenfalls
werden wir, wie du siehst, mit der Unterbrin-
gung dieser bunten Gruppe unsere Arbeit haben.
Eleusi, du wirst uns dabei helfen. Dein Freund
sieht jung und kräftig aus, er kann wohl das Gepäck der Fremden tragen.»

Vor dem kleinen Paradiesgarten wartete schon
die Gruppe aus Vertretern der verschiedenen Religionen.

«Wir führen erst die Bischöfin zu ihrer Unter-
kunft», sagte Zelus, «Frauen sind doch am unge-
duldigsten, stimmt's?»

Die Bischöfin schmunzelte. Sie strich ihr blondes Haar aus dem Gesicht und fragte: «Sie stecken mich also ungefragt in das christliche Paradies, Abteilung Luther?»

«Wohin denn sonst?»

«Ihr lieben Beamten des Himmels, wir wollen doch alle beieinanderwohnen, das ist so abgemacht.»

«Ihr alle? Das ist aber noch nie ausprobiert worden!»

«Wenn es euch beruhigt: Das Himmlische Management ist damit einverstanden. Sehr sogar. Wir proben nämlich die Versöhnung der monotheistischen Gläubigen, also der Religionen, die an einen einzigen Gott glauben.»

«Also wirklich, das Himmlische Management und seine gewagten Ideen!»

Die Bischöfin lächelte nachsichtig. «Ihr Management will uns im Haus der Pioniere unterbringen. Das Haus soll neu sein, noch niemand hat darin gewohnt.»

Zelus stutzte. «Haus der Pioniere? Petrus, gibt es überhaupt eine solche Adresse bei uns?»

«Ja, schon.» Petrus seufzte. «Es ist sogar zentral gelegen. Doch dort hat, wie gesagt, noch nie jemand gewohnt.»

«Einer muss den Anfang machen», lachte die Bischöfin.

«Unglaublich, was die irdischen Leute immer für Gepäck herumschleppen», sagte Eleusi zu Ronaldino. Beide seufzten unter dem Gewicht der Koffer und Säcke, die sie ins Haus der Pioniere tragen mussten. Das Haus stand vor einem Hügel mit Olivenbäumen und war neu, ein schlichtes Gebäude mit Flachdach, und bot genügend Raum für die zahlreichen Teilnehmer der geplanten Konferenz. Das Empfangsbüro nahe dem Eingang war leer, doch auf einem Bildschirm stand in Großbuchstaben:

ES WAR DIE ZEIT DER KONFESSIONEN, NUN NAHT DIE ZEIT DES GLAUBENS.

10 Eleusi und das Ferngespräch am Chefdesk

Als Eleusius mit Ronaldino zurückkehrte zur großen Halle, blieb er vor dem Büro des Himmlischen Managements stehen. Es war immer noch leer. «Ich muss meine Aufgaben erledigen: Pflanzen gießen und das Pult von Sternenstaub befreien», sagte er zu seinem neuen Freund. «Kommst du mit?»

Kurz darauf standen die beiden vor dem berühmten Pult.

Ronaldino betrachtete es mit Ehrfurcht. «Eleusi, der Höllenboss behauptet, von diesem Chefdesk aus könne das Himmlische Management jeden Punkt der Welt sehen. Ich sehe aber kein Gerät, keine Drähte, keine Knöpfe ... Mit welcher Anlage sieht er denn überallhin?»

Eleusius schüttelte den Kopf. «Dafür benutzt das HM eine mentale Fähigkeit. Diese Kraft, lehrt es uns, können wir alle entwickeln, es ist

Empathie und Liebe. Ich denke also intensiv an eine Person, konzentriere mich, sende Licht aus unserer himmlischen Gegend in ihre Richtung ...»

Während Eleusi dem Freund den Vorgang umständlich zu erklären versuchte, saß er am Pult, und sein Zeigefinger schrieb unwillkürlich einen geliebten Namen in den hellen Puder aus Sternenstaub ...

«Rosy! Du bist es tatsächlich! Was für eine Überraschung! Toll, dass es sofort funktioniert. Ich kann dich sehen und hören.»

«Ach, wie schön! Eleusi!», rief Rosy überrascht aus. «Das freut mich aber! Aber was funktioniert? Sprichst du über Skype?»

«Nein, nein, ich arbeite nur mit Liebe. Mit der Freude, dich zu hören und zu sehen.»

Sie lachte. «Ich sehe dich zwar nicht, aber deine Stimme tut mir gut.»

«Du siehst gesund und fröhlich aus, Rosy.»

«Ja, es geht mir gut. Dank dir bin ich ja mit einem gewissen Schriftsteller befreundet, dem es seither bedeutend besser geht. Nur hat er selten

Zeit, er schreibt an seinem Buch. Dafür singe ich in einem Gospel-Chor. Es ist wunderbar. In Manhattan haben wir den ersten Preis gewonnen und können jetzt mit dem Geld einen Ausflug machen.»

«Toll, Rosy. Dann kommt doch zu uns und gebt hier oben ein Konzert! Wir haben im Himmel gerade viel Betrieb. Wir machen einen Tag der offenen Tür.»

«Eleusi, machst du Witze?»

Er sah Rosy deutlich vor sich, sie strahlte über das ganze Gesicht, sie trug noch ihren alten blauen Sweater, und das rote Haar fiel ihr offen über die Schultern.

Plötzlich erklang lautes Klopfen an der Tür des Chefbüros.

«Sorry, Rosy, ich muss leider aufhören.»

Auch Ronaldino war erschrocken und kroch eilends in den großen geflochtenen Papierkorb unter dem Schreibtisch.

Im nächsten Moment streckte Petrus den Kopf mit der rötlichen Nasenspitze herein. «Alles in Ordnung hier drin, Eleusi? Sprichst du etwa mit Rosy, deiner alten Liebe? Wie auch immer, du solltest sofort kommen, wir brauchen dich dringend! Hörst du: dringend!»

«Was ist denn los?»

«Die Hölle ist los! Im Wald der Läuterung streunen riesige Hunde umher und bellen wie verrückt. Manche Gäste reden von Bestien mit fürchterlichen Zähnen!»

«Tönt ungemütlich», gab Eleusi zu.

«Es kommt aber noch schlimmer! Am Boden im Nadelöhr hat Zelus einen Revolver gefunden und eine Art Telefon, das seit einiger Zeit vibriert auf Teufel komm raus. Ein unbekanntes Modell, keiner weiß, wie man es ausmacht. Immer wieder ist eine Stimme zu hören, die wütend nach Ronaldino ruft.»

«Nach Ronaldino?»

«Ja, dieser Ronaldino, hörst du, soll augenblicklich zurück, wo er hergekommen ist. Und wenn es das Pfefferland ist!»

Petrus' Kopf verschwand, die Tür fiel laut ins Schloss.

Ronaldino unternahm sofort einen Befreiungsversuch aus der Enge des himmlischen Papierkorbs, und als er nach einigem Geraschel dem

Behältnis endlich entstieg, war sein Gesicht zerknautscht, und die Haare standen in alle Richtungen ab, so dass die Hörnchen deutlich zu sehen waren. Voller Verzweiflung rief er: «Ich soll zurück in die Dunkelheit, Eleusi! Zu dem ewigen Hohngelächter! Wenn ich nicht schon tot wäre, würde ich lieber sterben wollen, als noch einmal dorthin zurückzukehren.»

Der Engel Eleusius schwieg und dachte nach.

11 Teufelshörnchen oder die Mauer um das Paradies

Ronaldino hatte sich vor den Engel gestellt. «Eleusi, siehst du was: Habe ich immer noch Flügel?»

«Ja, hast du.»

«Und Hörner?»

«Ja, hast du.»

«Das heißt dann, ich – gehöre nirgends mehr hin?» Aus seinen Augen quollen ein paar Tränen.

Da rasselten die Ketten, ein Bildschirm senkte sich herab und füllte sich vor Eleusis Augen mit Buchstaben:

DIE HÖLLE BEKAM EINEN UNWISSEN-DEN, FLÜGEL SIND IHM GEWACHSEN, ER GEHÖRT ZU UNS.

Ausgelassen rief Eleusi: «Petrus, komm und schau: eine Botschaft des Himmlischen Managements!»

Petrus eilte herbei und las halblaut den Text.

Eleusi hatte den staunenden Ronaldino umarmt, doch Petrus schien Eleusis Freude nicht ganz zu teilen.

Von draußen her erscholl das Geheul der Hunde.

Petrus und Zelus standen vor dem Aussichtsfenster, das Paradiesgärtchen des Fra Angelico lag verlassen da.

«Aha, unsere Pioniere diskutieren lieber», sagte Petrus. «Nur Vögel und Schmetterlinge haben heute ihr Vergnügen … Schau mal dort drüben! Eleusius kommt mit seinem Freund, dem gehörnten Engel. Unser Management hat Anweisung gegeben, dass wir ihn behalten sollen.»

«Was, diesen Höllenbraten?», rief Zelus entgeistert.

Petrus teilte die Empörung. «Habe ich nicht immer gewarnt, unser Himmlisches Management sei zu großherzig mit der Aufnahme fremder Kreaturen? Erst die Vertreter der Religionen im Haus der Pioniere – und nun sendet uns auch die Hölle einen Emigranten.»

«Darauf müssen wir doch reagieren! Gleichgesinnte zusammenrufen, damit unser Paradies bewahrt bleibt – so, wie es immer schon war.»

Petrus stimmte zu: «Nicht einmal der Himmel ist mehr sicher vor Neuerungen.»

«Wir müssen uns schützen! Mit einer hohen Mauer», sagte Zelus.

«Du meinst, ums ganze Paradies herum?»

«Das wäre das Beste, oder nicht? Nur so bleibt der Schaden draußen.»

Noch dauerte der Tag der offenen Tür an, schließlich war ein Tag im Himmel eine Brosame der Ewigkeit. Eleusius verrichtete wieder seinen Dienst im Nadelöhr. Neue Besucher kamen. Diejenigen, die durch das Wäldchen der Läuterung zum Paradies gelangten, erzählten angsterfüllt, von hinter den Bäumen sei Bellen und Knurren zu hören.

«Haben Sie dort Hunde gesehen?»

Eine junge Frau nickte. «Durch die Zweige hindurch habe ich zwei ungeheure Köpfe erkannt, die Mäuler voller riesiger Zähne. Einige von uns hat die Angst gepackt, und sie sind umgekehrt.»

«Hörst du das?», sagte Eleusi zu Ronaldino. «Falls es Höllenhunde sind, wurden sie deinetwegen ausgeschickt.»

«Ich weiß. Und deshalb muss ich auch hin, um mich ihnen zu stellen.»

Ronaldino wartete, bis über dem Wald der Läuterung ein bleicher Mond schien. Mit der Nachtstunde war auch ein kalter Wind aufgekommen, die Zweige der Bäume warfen zitternde Schatten auf den Weg.

Während Ronaldino auf dem dunklen Weg voranschritt, sah er im Geist die Hunde am Felsen des Höllenreichs. Seit Jahren waren die Tiere dort angekettet, die Eisenringe waren ihnen ins Fleisch gewachsen. Den Generalissimo kümmerte das nicht. «Hunger und Schläge halten unsere Höllenhunde aggressiv», sagte er oft.

Ronaldino stand jetzt vor dem mächtigen Stamm einer Buche.

Da erschienen zwischen den Blättern der Zweige zwei riesige Hundeköpfe. Sie knurrten gefährlich und fletschten die Zähne, doch Ronaldino wich nicht zurück. Durch das Blattwerk fiel jetzt ein Lichtstrahl des Mondes, die Umrisse der Hunde zeichneten sich ab: Im Vergleich zu den wuchtigen Köpfen wirkten die Körper mit den Beinchen unterernährt und lächerlich schmächtig. Das können nur die beiden Jungtiere sein, überlegte Ronaldino, der Höllenboss hat sie wohl ausgeschickt, weil sie leichter auf die Drohnen zu binden sind als die plumpen alten Tiere!

«Zerbie, bist du das?», flüsterte Ronaldino.

Das Knurren verstummte augenblicklich. Es wich einem schmerzlichen Jaulen. War das ein Hilferuf? Ronaldino suchte jetzt in der Tasche nach einer kleinen Papiertüte, die hatte er zum Dank von der Bischöfin für das Kofferschleppen zugesteckt bekommen. «Hier, die habe ich noch zuhause gebacken – es schafft immer gute Stimmung, wenn man so was anbieten kann.»

Er holte die köstlich duftenden Kekse heraus und warf sie vor sich auf den Boden. Da wagte sich erst Zerbie aus dem Gebüsch, hinter ihm folgte, vorsichtig, Herbie. Auf ihren unterernährten Hundekörpern wirkten die Köpfe grotesk mit ihren triefenden Lefzen, den spitzen Zähnen, dem aufgesperrten Rachen und dem rauhen Gebell. Nun hatten sie ihn erkannt, den Wohltäter aus dem Reich des Generalissimo! Gierig schnappten sie nach den Leckerbissen. Gleich darauf drückten sie sich an Ronaldinos Beine und wollten sich nicht mehr von ihm trennen. Friedlich trabten sie neben ihm durch das Wäldchen der Läuterung bis zum Eingang des Paradieses.

Durch das Fenster des Nadelöhrs hatte Eleusi die drei aus dem Wald kommen sehen. Der Anblick ließ ihn laut lachen. «Ein Neuengel mit Hörnchen und links und rechts von ihm großköpfige Höllenhunde mit zappelnden kleinen Beinchen!»

Und als Ronaldino eintrat, feixte er: «Deine Monster sind ja richtig zahm, wie hast du das bloß fertiggebracht?»

«Ich habe sie schon im Reich der Hölle ins Herz geschlossen», gestand Ronaldino. «Es sind die ärmsten aller Teufel, geschlagen und ausgehungert.»

«Vielleicht bezwingt Liebe sogar die Hölle», sinnierte Eleusius.

Darauf antwortete Ronaldino etwas betrübt:

«Ich habe die Hunde in einem Unterstand vor dem Eingang gelassen, denn für Petrus und Zelus werden sie kaum ins Bild ihres Paradieses passen.»

Eleusi lachte. «Es reicht schon, dass die beiden mit dir Mühe haben, Ronaldino. ‹Ein gehörnter Engel›, höre ich sie sagen, ‹wie kann unser Himmlisches Management uns das zumuten?›»

«Ich hoffe, sie werden dem Himmlischen Management nicht zu widersprechen wagen und mich zurückschicken.»

Eleusi lächelte. «In dieser Angelegenheit haben sich die himmlischen Beamten gestern beraten und beschlossen, dich weit weg von den offiziellen Räumen und Besuchern in die Tiefen der Himmelsgärten zu schicken. Dort wird ein Hilfsgärtner gebraucht.»

«Gärtner? Ach, das ist eine Erleichterung», sagte der ehemalige Weinbauer. «Nichts schöner, als draußen in der Natur zu sein!»

12 Das Privatkabinett des Generalissimo

Der Boss der Hölle saß am Schreibtisch in seinem Privatkabinett, einem kleinen feinen Raum mit puderrosa bezogenen Louis-XV-Stühlen, einem Mobiliar, das aus dem eleganten Boudoir einer von ihm gern besuchten Pariser Kokotte stammte. Zu seinem Leidwesen war die Kokotte im Alter fromm geworden und war nach ihrem Tod in einem ihrer rosa Rüschennachthemden prompt himmelwärts geflogen. Eine der großen Enttäuschungen in seinem Teufelsleben. Trotz vielerlei Kriegserfahrung hielt der Generalissimo sich nicht für einen gefühllosen Teufel. Er liebte die Klänge von Saxophon und Schlagzeug, und umgeben von rosa Samt genehmigte er sich gern einen erotischen Cocktail aus sentimentalen Erinnerungen.

Vor ihm auf dem Schreibtisch lag der Vertrag über die einst florierende amerikanische Hotelkette Palmdream Casino. Durch seine höllischen

Finanzjongleure war die Hotelkette in Schieflage geraten, und es bedurfte nur noch der Unterschrift des Generalissimo, um das Unternehmen für einen Pappenstiel zu erwerben. Angesichts der globalen Wirtschaftslage benötigte selbst die Unterwelt Geld, wollte der Höllenboss seinen Untertanen ein standesgemäßes Leben anbieten: ein gut brennendes ewiges Feuer und wöchentliche Orgien mit Rheinwein und Grillfleisch.

Durch dreimaliges Klopfen an der Tapetentür meldete sich der Außenminister an. Der alte Herr, der noch unter Napoleon militärische Ehren erworben hatte, ging ziemlich gebeugt. Er hielt die gichtgeplagten Finger der Rechten nachlässig salutierend an die Mütze und seufzte laut, eine Vorsichtsmaßnahme, denn er hatte seinem Chef eine schlimme Nachricht zu überbringen. «Mein General», begann er. «Es ist nun leider erwiesen, was Ihr befürchtet habt: Unser Konkurrenzbetrieb, Himmel genannt, hat den höllischen Untertan Ronaldino frech übernommen. Auch die jungen Höllenhunde, meldet ein zuverlässiger Zeuge, sind durch fremdländische Leckereien verführt worden und tummeln sich in den

Paradiesgärten.» Der Minister entfernte sich schnell, da er die Wutanfälle des Generalissimo kannte.

Sich selbst überlassen, spürte der Generalissimo zwar Zorn, doch schlimmer war die Welle dumpfer Schwermut, die ihn jetzt überfiel. Der junge Ronaldino, den man ihm weggenommen hatte, war sein Günstling gewesen. Er hatte seinen naiven, aber geraden Sinn, seine bäuerlich bodenständige Art gemocht, unter Teufeln waren dies Eigenschaften mit Seltenheitswert. Heimlich hatte er für ihn eine höllisch steile Karriere vorausgeplant und ihn aus diesem Grund als Spion auserwählt. Alle Pläne zunichte!

Er tauchte seine Feder in die rote Tinte, malte an den Rand des gedruckten Vertrags eine Kanone, drei Spieße, zwei Gewehre. Spritzte dann aus der Feder reichlich Tintenblut. «Weihwasser, Kreuze, Manna! Zum Kotzen!», schimpfte er laut. «Man hat mich hintergangen! Und dies von einem System, das bei jeder Gelegenheit auf seine Integrität pocht!»

Da kam ihm in den Sinn, dass Himmel und Hölle, die beiden postmortalen Einrichtungen, zur Zeit der großen humanitären Bewegung Ende des 19. Jahrhunderts eine Genfer Konvention abgeschlossen hatten. Vom Rotkreuzgründer Henry Dunant inspiriert, der erkannte, dass die schrecklichen Kriege der neuen Zeit mehr noch als die fast so schrecklichen von früher humane Regeln brauchten, hatte man sich verpflichtet, um des lieben Friedens willen der Konkurrenz gegenüber Fairness walten zu lassen. Irgendwo musste dieser alte Vertrag noch vor sich hin stauben, und der Generalissimo beschloss, Klage einzureichen bei der höchsten Instanz des Himmels, um gleiche Rechte einzufordern: Er wollte einen höllischen Tag der offenen Tür abhalten, und dazu sollte ein Engel den heißen Hallen einen Besuch abstatten müssen.

13 Gebührt dem Teufel Fairness?

Petrus erhielt zu dieser Zeit vom Himmlischen Management eine Depesche. Das Schreiben des Chefs war etwas verwirrlich, also rief er seinen Helfer Zelus und teilte ihm den Inhalt mit: «Die Hölle, so schreibt das Himmlische Management, betrachte es als grobes Unrecht, dass man Ronaldino (samt den jungen Höllenhunden) so mir nichts, dir nichts einbehalten habe. Zwar beschreibe die Hölle den Tatbestand nicht korrekt, da Ronaldino einst zu Unrecht in der Hölle gelandet sei. Des Weiteren habe die Hölle während des himmlischen Open Days Ronaldino als Spion nach oben geschickt und damit riskiert, dass er, einmal vertraut mit dem Himmel, aus freien Stücken dort um Aufnahme bitten würde. Auch die Hunde seien freiwillig geblieben. Menschen seien grundsätzlich nicht dem Besitz zuzurechnen und gehörten also niemandem, auch Tiere müssten über eine gewisse Freiheit verfügen. Diesen Grundsätzen widersprechende Ansichten der Hölle seien ewig gestrig und archaisch. Zugeben müsse man allerdings, dass auch im Himmel die Angelegenheit nicht ganz fair abgelaufen sei. Wenn schon Gerechtigkeit, dann stünde selbst dem Teufel Gerechtigkeit zu.

Der Hölle stehe es natürlich frei, nach dem Vorbild irdischer Geschäftspraktiken selbst einen Tag der offenen Tür zu veranstalten. Aber einen Engel als Besucher nach unten zu schicken sei wohl ein riskantes Unterfangen. Jedenfalls müsse Ronaldino, aus der Hölle entkommen, vom Vorschlag eines neuerlichen Seitenwechsels verschont werden.»

Petrus, der den Text bis hierher referiert hatte, blickte von dem Schreiben auf und fragte: «Kannst du allem folgen, Zelus?»

«Klar, Meister!» Und weil er den lockigen Engel nicht ungern losgeworden wäre, fügte er lachend hinzu: «Schicken wir einfach Eleusi als Besucher zur Hölle. Vielleicht entschließt er sich dann freiwillig, ein Teufel zu werden.»

«Du übertreibst, wie immer», schimpfte Petrus.

Als Engel Eleusius von dem Schreiben erfuhr, beschloss er, sich als Freiwilliger für den Besuch der höllischen Veranstaltung zu melden.

Ronaldino erschrak darüber so sehr, dass er in seiner Gärtnerschürze zum Himmelspalazzo eilte, um dem Freund die Fahrt auszureden. «Eleusi, es wäre eigentlich meine Pflicht, mich dort unten zu stellen. Du darfst dich nicht für mich opfern! Du wirst meinetwegen Buße tun müssen, und wir werden dich nicht mehr wiedersehen!»

«Ach, beruhige dich, mein Freund», entgegnete Eleusi. «Vergiss nicht, ich habe ja Flügel.» Und Eleusi lachte, erhob sich mit einem Schlag bis zur Decke der Lichthalle, ließ sich wieder auf die Füße fallen.

«Ein Kunststück für den Zirkus, Eleusi!» Ronaldino lachte, wurde dann gleich wieder ernst. «Weißt du nicht, dass die Bewohner der Hölle mit ihren Vergeltungsmaßnahmen nicht zimperlich sind? Sie werden dich an den Höllenfelsen ketten.»

«Aber unser Management weiß in seiner umfassenden Weisheit, dass ich mich schon in Rom und in New York bewährt habe. Und wer es dort schafft, schafft es überall!»

«Aha», grinste Ronaldino, «du erinnerst dich also an Frank Sinatra, und Liza Minelli hat dieses Lied auch gesungen! In unserer Kneipe im Piemont stand eine uralte Musikbox, und ich konnte mir meine Lieblingssongs für dreihundert Lire herauslassen. Aber stimmt dieser Grundsatz wirklich auch für die Hölle?»

«Aber klar doch, Ronaldino. Es gilt besonders für die Hölle. Ich bitte dich also, geh zu deinen Bäumen und Blumen und lass mich machen, es wird alles gut!»

14 Der alte Gärtner und seine Weltenblume

Noch nie waren die Wege der himmlischen Anlagen so gepflegt gewesen, die Blumen bekamen reichlich Wasser, die Trauben an den Rebstöcken glänzten. Die Äste der Apfel- und Pflaumenbäume bogen sich unter der Last der Früchte.

Manchmal spazierte ein alter Mann auf den Wegen.

Als er den neuen Hilfsgärtner in seiner grünen Gärtnerschürze sah, passte er ihn ab und sagte: «Es macht mir Freude, die Anlagen so gut in Schuss zu sehen. Komm, ich zeige dir ein paar neue Blumenbeete.»

Ronaldino freute sich über das Interesse an seiner Tätigkeit und folgte dem Fremden gern.

Es blieb nicht bei dem einen Mal. Der Spaziergänger kam hin und wieder vorbei, sie unterhielten sich, und Ronaldino erfuhr, wie gut sich der Mann auskannte mit den Pflanzen. Er nahm an, der Alte habe in jüngeren Jahren auch einmal als Gärtner hier gearbeitet.

Einmal führte der Alte den neuen Hilfsgärtner in einen entlegenen Teil des Parks. Ronaldino machte eine entsprechende Bemerkung.

«Entlegen? Nein», korrigierte der Alte, «in Wirklichkeit stehen wir hier ganz im Zentrum des Paradieses. Hier», er zeigte auf ein Rondell, «befindet sich das Herz der Anlage, die Weltenblume! Schau, wie die Blütenzungen, angeordnet in Kreisen, sich zum Zentrum hin verengen. Hier ist das Herz.»

«Das Herz?», staunte Ronaldino.

Der Besucher nickte. «Ein Herz, das alles zusammenhält. Ob es gesund ist, sieht man an der Beschaffenheit der roten Blüten. Schau, viele sind welk, es geht manchen Völkern auf der Erde nicht gut.»

«Welk? Vielleicht wart Ihr zu lange fort?», fragte Ronaldino.

«Ich war nie fort.» Der alte Mann lächelte.

Ronaldino freute sich immer, wenn sein neuer Bekannter im Garten auftauchte. Er ging sehr langsam, manchmal hielt er inne und blickte, auf einen Stock gestützt, über die Anlagen.

«Herr», sagte Ronaldino eines Morgens zu ihm, «ich habe aus Buchenholz für Euch eine Bank gemacht, setzt Euch doch und ruht aus.»

«Danke. Doch ich bin eigentlich nicht müde. Ich muss hier nur alles überblicken und zusammenhalten.»

Ronaldino folgte mit den Augen dem ausgestreckten Stock des Alten und fragte: «Warum sind denn da im Paradies so viele Mauern?»

«Das kennst du doch als Gärtner: Was noch nicht reif ist, bedarf der Stützung. Es braucht außerdem viel Geduld, um alles langsam und in Freiheit reifen zu lassen. In voller Freiheit reifen – das ist wichtig, hörst du?» Der Alte verstummte und hing seinen Gedanken nach.

Dann sagte er plötzlich: «Ronaldino, du kennst doch die Bischöfin im Haus der Pioniere?»

«Ja. Sie ist eine schöne und kluge Frau und trägt einen dunkelblauen Talar.»

Der Alte nickte. «So höre, was im Haus der Pioniere geschehen ist. Auf den Rat der Bischöfin hin haben die Christen beschlossen, ihre Mauer aufzugeben. ‹Wir wollen unseren gemeinsamen Glauben vertiefen, Mauern sind dafür hinderlich›, hat sie gesagt und beigefügt: ‹Haben wir nicht jahrhundertelang zu viel Energie darauf verwandt, Dinge zu tun oder zu lassen, nur weil man sich von den Mitchristen unterscheiden musste? Nun wollen wir uns zusammenfinden und zu Ehren unseres gemeinsamen Gottes beten und voneinander lernen.› Ja, so hat sie gesprochen, die Protestantin. Darauf hat der Südamerikaner mit dem weißen Käppi die Bischöfin freudig umarmt und gesagt: ‹Das Konzil möge dereinst einen so hellen Geist, wie Sie einer sind, zu meiner Nachfolge wählen.› Und als sie daraufhin erschrocken den Kopf geschüttelt hat, fuhr er fort: ‹Das Amt dürfte wohl im Verlauf der kommenden Jahre einige Veränderungen erleben, ein paar weibliche und reformatorische Gedanken werden ihm guttun und neue Akzente erlauben.›»

Ronaldino war mit seinen Gedanken noch bei

der Mauer der Christen und fragte: «Muss man jetzt Arbeiter rufen, die die Steine abtragen? Das ist doch eine ungeheuer aufwendige Arbeit.»

Der alte Mann blickte den Hilfsgärtner mit gütigem Lächeln an. «Mauern sind nur in unseren Köpfen, Ronaldino. Entlässt man sie aus der Vorstellung, sind sie nicht mehr da.»

15 Der Engel Eleusius will das Höllenfeuer sanieren

Am Tor zur Hölle hing eine Tafel: *Open Day.*

Als Eleusi eintraf, standen an die dreißig Menschen schon davor und harrten auf Einlass. «Ich bin sehr gespannt», sagte eine Frau mittleren Alters.

Ihr Ehemann – er hieß Gerry und arbeitete als Zahntechniker in einem Vorort von London – nickte und sagte: «Genau. Kann nur von Vorteil sein, sich da unten einmal umzusehen. Man weiß ja nie.»

«Besser, du hörst mit dem Saufen auf», sagte sie höhnisch.

«Wozu die Mühe? Im Himmel ist es mir wohl ohnehin zu fad.»

Sie widersprach. «Unser Schwager John hat den himmlischen Open Day besucht und war begeistert. Er traf Herrn Einstein und Madame Curie und hat mit beiden gesprochen!»

«Aber die schönen Frauen sind eher in der Hölle», sagte der Mann.

Da öffnete sich langsam und knarrend das Tor.

Dahinter stand eine Teufelin mit einem schwarzen Zylinder, sie trug einen roten Minirock, Gerry riskierte einen genauen Blick, fand ihre Beine jedoch wenig vorteilhaft.

Sie lüftete den Zylinder und winkte: «Hereinspaziert, meine Damen und Herren! Herein ins höllische Theater!» Sie verbeugte sich mit einer einladenden Armbewegung und musterte dann ihr Publikum. Ihr starkgeschminkter Mund verzog sich zu einem Grinsen, in der oberen Zahnreihe klaffte eine Lücke.

«Die Zahnheilkunde scheint hier jedenfalls nicht gerade auf dem neuesten Stand zu sein», sagte Gerry grinsend zu seiner Frau.

«Aber ja doch – Füllungen aus purem Gold, schau, wie sie glitzern!», sagte sie.

«So mochten es die Neureichen vor hundert Jahren», giftete er.

Eleusi stand im hinteren Feld der Besucher, die sich jetzt in Bewegung setzten, doch schon nach wenigen Schritten stockten die vordersten, denn eine graugelbliche Lohe im engen Gang verschlug ihnen den Atem.

«Vorwärts», drängte die Zirkusdame. «Das ist nur der Vorbote des ewigen Feuers.»

«Aber es brennt mir in den Augen und in der Kehle», klagte eine Frau.

Hinter ihr machten schon die Ersten kehrt. Eleusi wollte noch nicht aufgeben und wandte sich zu den zwei jungen Mädchen um, die dicht hinter ihm gingen: «Wenn sich der Flur dort vorne weitet, wird es wohl besser.»

Das ältere der Mädchen nickte und starrte auf seinen Goldschopf, das jüngere kicherte: «Der da vorn sieht ganz nett aus, aber er trägt wohl eine Perücke.»

Nun waren schon die ersten Besucher dort angelangt, wo sich der Gang weitete, sie standen still, denn sie hörten das Feuer knistern und prasseln, die Hitze nahm spürbar zu.

«Unmöglich! Dass sie diese Flammen nicht kleiner stellen können für den Open Day», rief einer der Besucher.

Die Führerin mit dem Zylinder hörte es. «Meine Damen und Herren!» Sie knallte mit einer

Peitsche, als treibe sie wilde Tiere in die Arena. «Keine Angst! Nur immer vorwärts! Zu unserem wunderbaren ewigen Höllenfeuer! Freuen Sie sich auf die einzigartigen Grillabende nach Ihrem Ableben! Allerdings nichts für Vegetarier!» Sie lachte über ihren eigenen Witz.

Vorn im Gang drehten die Besucher die Köpfe weg, denn der Ruß blieb in der Nase und im Hals stecken, die meisten verspürten einen ekelhaften Hustenreiz. Weitere Gäste drehten sich um und drängten zum Ausgang.

«Was ist bloß mit den Besuchern los», schimpfte der Höllenboss, der im Saal des Feuers wartete und gerade dabei war, den Text seiner werbenden Ansprache nochmals zu lesen.

Die Frau mit dem Zylinder eilte in die Halle zu ihrem Boss und berichtete: «Generalissimo, viele sind wieder gegangen, nur ein paar wenige stehen noch vor dem Eingang zur Halle. Da müsste wohl auch der Abgeordnete des Himmels dabei sein.»

Der Generalissimo wollte selbst nachschauen. Sofort erkannte er den Himmelsbewohner und ging auf ihn zu: «Sie da, der Herr von der Konkurrenz. Haben Sie meine Gäste vertrieben? Sie sind doch ein Engel?»

Das treffe zu, bekannte Eleusius. Das Himmlische Management habe ihn geschickt, um den für die Hölle bedauernswerten Ärger, den der Überläufer Ronaldino verursacht haben mochte, zu bereinigen. «Nun scheint mir aber, Ihr Tag der offenen Tür kann so nicht funktionieren, denn die Luft aus Ihrer Befeuerung ...»

«Befeuerung? Das ewige Feuer ist das Herzstück unseres Etablissements, Herr Engel!»

«Okay, aber es lässt die Besucher beim besten Willen nicht atmen. Sie sollten ...»

«Aha. So ist das also? Ein blutjunger Engel wurde heruntergeschickt, um mir Ratschläge zu erteilen?»

«Doch nur zu Ihrem Besten, Herr General! Sie müssten unbedingt die Hitze drosseln und etwas einrichten wie, sagen wir, eine zeitgemäße Wärmerückgewinnung. Das hilft Ihnen Energie sparen und schont die Umwelt, auch außerhalb des Höllenreichs ...»

«Es reicht, Sie anmaßender Jungengel, Sie Hochnäsiger. Schweigen Sie! Außerhalb meines

Reichs gibt es nichts, was geschont werden müsste!»

«Nun, die Erkenntnis ist doch mittlerweile überall verbreitet, dass wir alle miteinander vernetzt sind. Keiner schaltet und waltet mehr für sich allein.»

«Sie sabotieren mein ganzes Höllensystem? Wurden Sie deshalb hergeschickt?»

«… die Schadstoffe müssten innerhalb des Reichs mit neuester Filtertechnik reduziert werden …»

«Schluss, Sie überheblicher Flügelträger!»

«Ich kann Ihnen wohl einen fairen Plan zu einer Sanierung anbieten, Generalissimo.»

«Wie? Der Himmel will auch noch über unser ewiges Feuer verfügen? Das könnte Ihnen so passen. Scheren Sie sich zum Teufel!»

«Das mache ich gern, Herr General, obwohl ich da ja irgendwie schon bin. Schön haben Sie es hier, nur eben …» Und Eleusius wandte dem Höllenboss die Kehrseite zu und stob zum Ausgang, dort breitete er erleichtert die Flügel aus und flog zurück nach oben.

16 Der Gospel-Chor aus Manhattan

Endlich wieder reine Luft! Eleusius hörte die Wipfel der Paradiesbäume rauschen und war umgeben von seinen Mitengeln und vom Klang des Friedens. Im Himmel dauerte der Tag der offenen Tür allerdings immer noch an – der Himmel konnte schließlich angesichts seiner Zeitlosigkeit selber bestimmen, wie lange dieser Tag dauern mochte.

Auf seinem Barhocker im Nadelöhr träumte Eleusius ein bisschen vor sich hin und ahnte, dass bald noch etwas geschehen würde. Seit es die Zeit für ihn nicht mehr gab in der irdischen Rechnung, kündigten sich künftige Ereignisse bei ihm an mit Farben, Formen und Gerüchen, bevor sie dann tatsächlich eintrafen. Auch die Erinnerung funktionierte anders: Er erlebte gewisse Szenen seines Lebens erneut.

Vor dem Nadelöhr hörte er Zerbie und Herbic bellen. Sie waren jetzt nicht mehr so ungebärdig wie früher, doch sie verlangten nach Futter und sehnten sich nach dem Streicheln und den freundlichen Worten ihres Gönners Ronaldino.

Ach, du liebes Management, dachte Eleusi. Wo steckt denn Ronaldino die ganze Zeit! Hat er nicht mal genug von seinem Paradiesgarten … Oje! Paradies!, durchfuhr es ihn. Ob die Hunde wohl hereindurften? Dann könnten sie Ronaldino aufspüren. Das musste doch erlaubt sein. Gehörten nicht Tiere zum Paradies?

Er wusste, dass Petrus und Zelus derzeit abwesend waren. Eleusius hatte herausbekommen, dass sie eine heimliche Parteiversammlung abhielten, deren Ziel es war, eine Mauer um den Paradiesgarten zu erstellen. Und wo steckte nur das Himmlische Management? Es ließ sich kaum mehr blicken, um solchen und anderen Unfug zu verhindern.

So musste Eleusius allein der Eingebung seines Herzens vertrauen. Er ging zum Tor und pfiff nach den Hunden. Sie kamen augenblicklich und begleiteten ihn brav und aufmerksam zur Himmelstür, obwohl die Scharniere wieder mal grässlich quietschten. Zahm wie himmlische Lämmchen trippelten sie an seiner Seite durch den Lichtsaal, dann die Treppen hinunter zum Ausgang, der zum Garten führte.

Eleusi öffnete die Tür. «Los, ihr beiden Höllenbabys, sucht Ronaldino, sucht!»

Sofort nahmen die Hunde Witterung auf und stoben davon.

Wieder saß Eleusi im Nadelöhr und träumte ein bisschen vor sich hin, diesmal von rotem, weichem Haar. Er sehnte sich nach dem Ende dieses Tags der offenen Tür. Was konnte die Aktion jetzt noch bringen?

Da ging die Tür auf.

Eine hübsche schwarze Frau trat ein, sie zeigte ihm eine Bestätigung des Erzbischofs von New York, der sie als Leiterin des Gospel-Chors der Saint Patrick Cathedral auswies. Dazu sagte sie: «Lieber Engel Eleusius, wir haben in einem Gesangswettbewerb den ersten Platz gewonnen. Und der Preis besteht in einer Fahrt zum Tag der offenen Tür im Himmel!»

Eleusi lauschte entzückt auf die Schwingungen ihrer melodiösen Stimme.

«Wird Ihr Chor bei uns singen?»

«Morgen Abend, wenn es recht ist.» Sie lächelte ihn an, ging dann weiter, um Platz zu machen, denn es drängten sechs weitere dunkelhäutige Frauen ins Nadelöhr, eine hübscher als die andere. Sie grüßten ihn auf seinem Hocker, ihre Hände winkten aufgeregt an ihm vorbei, und mit ihren hellen, einnehmenden Stimmen riefen sie im schönsten Timbre ihrer Alt- und Sopranlagen: «Hi, Eleusi! – Hi, Eleusi! – Hi, Eleusi! – Hi, Eleusi!»

Kaum hatte sich der Jungengel von der Überraschung erholt, ging die Tür erneut auf. Ein halbes Dutzend weitere Sängerinnen erschienen, grüßten ihn fröhlich, als wären sie alte Bekannte.

Dann, als Letzte, erschien sie – seine Rosy!

Sie strahlte ihn an, ihre Augen leuchteten, ihr zündrotes Haar war noch etwas zerzaust von der Reise.

«Wunderbar, Eleusi, nun hat sich die lange Reise gelohnt!», rief sie. «Wie schön, dich endlich wiederzusehen!»

Da hinter ihr niemand mehr durch die Türe drückte, konnten sie sich in Ruhe umarmen, und es dauerte eine ganze Weile, bis er sie wieder losließ.

«Pass nur auf deine himmlischen Kräfte auf, Eleusi», sagte sie mit schalkhaftem Lächeln. «Ich erinnere mich an deine Umarmung in New York, als unter deinen engelischen, leicht vergoldeten Fingerkuppen der eine Träger meines Kleides schmolz. So kam ich zu dem damals topmodischen Einträgerkleid à la Michèle Obama!»

Die Erinnerung daran machte Eleusi ein wenig verlegen. «Ach … ach ja», stotterte er. «Also im zweiten Lehrjahr konnte ich mit meinen Händen noch nicht so gut umgehen. Da ist verschiedenes unter diesen Fingern geschmolzen. Es war peinlich! Wie sah dein Kleid denn aus?»

«Es ist in meinem Reisekoffer, du wirst es sehen. Aber morgen Abend werden wir alle einheitlich gekleidet im Paradiesgarten singen. Oh, ich freue mich! Diese tolle Idee, die hast schließlich du mir eingeflüstert, Eleusi, als wir telefonierten.»

«Habt ihr denn eine Erlaubnis, hier zu singen?», fragte Eleusi vorsichtig und dachte an seine Beamtenkollegen.

«Aber ja, sogar von höchster Stelle.» Sie lachte. «Der Erzbischof von New York hat für uns bei eurem Himmlischen Management die Erlaubnis eingeholt.»

«Oh, dann kann ja nichts mehr schiefgehen. Wo seid ihr denn untergebracht?»

«Im Haus der Pioniere.»

17 Lieder und Gebete nähren
die Weltenblume

Sie saßen auf der von Ronaldino liebevoll gezim-
merten Holzbank, der alte Mann und der Hilfsgärtner. Da stürmten die von Eleusi losgelasse-
nen Hunde heran und drückten sich bellend an
Ronaldinos Knie.

«Oh, verzeihen Sie», entschuldigte sich der
Hilfsgärtner. «Es sind meine Hunde. Etwas wild,
ja, aber nicht böse. Ich habe sie sicher verwahrt
geglaubt in ihrer Blechhütte hinter dem Nadelöhr.»

«Lass nur, Ronaldino, ich fürchte sie nicht.
Was wäre denn ein Paradies ohne Tiere?»

«Petrus und sein Adjutant Zelus sind da ande-
rer Ansicht. Der Himmel, finden die beiden, sei
zu heilig, zu hell, zu glänzend für Tiere.»

Der Alte fand das offensichtlich witzig, und
Ronaldino schob schnell die Erklärung nach:
«Als ehemaliger Gärtner wissen Sie vielleicht

nicht, wie es im Innern des Himmelspalazzos aussieht? Also, da ist ein heller großer Saal, auf dem Marmor am Boden tanzen farbige Lichtwirbel. Daneben das Büro des Himmlischen Managements. Es steht in letzter Zeit oft leer …»

Der Alte nickte, kicherte ein bisschen vor sich hin. Dann sagte er: «Ach, weißt du, Ronaldino, das Himmlische Management lässt sich nicht einschließen. Dort drin wimmelt es von Himmelsbeamten, Aufsehern, Besserwissern, Pharisäern und Schriftgelehrten. Ich liebe meine Menschen, ich habe Erbarmen mit ihnen, sie haben es nicht leicht, viele verheddern sich in den Fallen der Institutionen. Kaum dreht man den Rücken …»

«Ich bin auch ein Zugezogener … aus einem schwierigen Land», fiel ihm Ronaldino ins Wort.

«Still. Deine Hörnchen erzählen alles, Ronaldino. Doch es zählt hier allein das lautere Herz.»

Ronaldino musterte nachdenklich den Alten, sagte dann: «Mir scheint, Sie sind wohl kein gewöhnlicher Gärtner, Herr. Sie wissen über zu vieles Bescheid. Wie soll ich, als Hilfsgärtner, Sie denn ansprechen?»

«Wer mir lieb ist wie du, der darf mich alten Mann ruhig Vater nennen.»

Der Chor aus Manhattan stellte sich am frühen Abend auf, und zwar an einem für eine Veranstaltung bislang ungewohnten Ort, in der Nähe des Rondells mit der Weltenblume. Das Himmlische Management habe selbst diesen Platz vorgeschlagen, sagte Petrus. «Ein besonderes Privileg! Bis zum versteckten Rondell gelangte noch kein irdischer Besucher.»

Das Publikum, das sich an diesem Abend einfand, war bunt gemischt.

Die Religionsvertreter aus dem Haus der Pioniere trugen festliche Gewänder, der Buddhist war gekleidet in orientalischer Farbenpracht, der Mullah hatte eine grünbestickte Mütze auf, der Rabbi trug feierliches Schwarz, Franziskus ein wehendes weißes Gewand. Die Bischöfin war in einen nachtblauen Talar gehüllt, ihr helles Haar glänzte. Es standen unter den irdischen Zuschauern auch viele Engel, das war man als Mensch nicht gewohnt, und man musste fürchterlich achtgeben, nicht auf ihre bloßen Füße zu treten und an ihre feinen, bunten Flügel zu stoßen.

Der Mond ging auf hinter dem Wäldchen der Buddhisten, wie eine schimmernde Barke stand er über den Wipfeln, kreideweiße Wege verloren sich zwischen den Bäumen. Aus dem nahen Rondell der Weltenblume drang ein bezaubernder Duft.

«Besser als ein edles Parfüm», bemerkte schnuppernd Rosy, die rechts außen in der vordersten Reihe der Sängerinnen stand. Wie alle Frauen im Chor trug sie ein schwarzes, anliegendes Kleid, ärmellos und mit großzügigem Ausschnitt, in dem eine schimmernde helle Halskette blitzte.

Etwas abseits vom Publikum saßen auf ihrem Bänkchen Ronaldino und der alte Mann eng beieinander, als wären sie eine Art Sonderdelegation der Paradiesgärtner zur Beobachtung der Weltenblume. Der Gärtnergehilfe hatte die grüne Schürze abgelegt, seine Locken über die immer noch sichtbaren Hörnchen gekämmt, er trug saubere Schuhe, die ihm die Engelin Anastasia besorgt hatte.

Die Höllenhunde hatten sich diskret hinter die Büsche verzogen.

Das Konzert begann. Die Lieder erklangen in hellen, freundlichen Melodien, sie handelten von Gottvertrauen, von Liebe, von der Sehnsucht der Menschen nach einer friedlicheren Welt. Die Frauen sangen ein bisschen rauh, mit natürlichen, fröhlichen Stimmen, der mitreißende Rhythmus der Songs ließ ihre Arme und Hüfte mitschwingen, und ihre ausdrucksvollen Mienen trugen ebenfalls dazu bei, dass sich die Musik auf das Publikum übertrug.

Das letzte Lied beschwor die Versöhnung zwischen den Menschen, der Schluss klang sanft aus.

Es wurde nicht geklatscht, nachdenklich und schweigend blieben die Zuhörer, bis sich die Klänge über den Wipfeln der Paradiesbäume längst entfernt hatten zu einem Horizont, der von rötlich gefärbten Wolkenbändern bedeckt war.

Da erhob sich der alte Mann von seinem Bänkchen. Als er sich vor den Chor stellte, mit dem Gesicht zum Publikum, ging ein Raunen durch die Reihen. Man hatte ihn gar nicht richtig wahrgenommen in seinem Abseits, ihn eben für einen Paradiesgärtner gehalten, nun aber schien er plötzlich jung, seine Stimme klang klar und fest.

Seine kurze Rede widmete er der Kraft des Friedens. «Während des Gesangs habe ich im Rondell die Weltenblume beobachtet und festgestellt, dass sie sich in dieser kurzen Zeit deutlich erfrischt und erholt hat. Liebevolle Gedanken, Gebete und Lieder sind Nahrung und stärken die Versöhnung zwischen den Menschen und den Völkern.»

Dann wandte er sich an die Gruppe der Monotheisten und sagte: «Ihr bewohnt das bisher leerstehende Haus der Pioniere. Der Himmel freut sich über euch, unsere Gäste. Ihr steht einträchtig beieinander in euren vielerlei Farben und Arten des Glaubens, ihr habt unterschiedliche Regeln und unterschiedliche Arten, den einzigen Gott zu verehren. Doch allen gemeinsam ist als Höchstes die Liebe und der gegenseitige Respekt für jede Eigenart. Was ich jetzt zu euch sage, möchte ich nicht mehr auf Tafeln schreiben, sondern es einprägen in eure lebendigen Herzen:

ES BRAUCHT MEHR ENERGIE, IM KOPF AUCH NUR EIN EINZIGES VORURTEIL ZU ÄNDERN, ALS EINE GANZE ARMEE AUF DIE BEINE ZU STELLEN. DOCH IHR SOLLT VERTRAUEN AUF DIE KRAFT DER LIEBE.»

18 Rosy meldet sich bei Petrus an

Für die Mitglieder des Gospel-Chors dauerte der Aufenthalt im Himmel nach menschlicher Rechnung nur zwei Tage. Für Rosy dehnte sich diese Zeit, und das bedeutete Glück. Im Gespräch mit Eleusi, Hand in Hand auf dem Weg zum Rondell mit der Weltenblume, fanden sie sich wieder.

Der letzte Abend bedeutete für die Himmlischen auch den Abschluss des Tags der offenen Tür. Man war mit dem Ergebnis der Aktion zufrieden, deshalb war für die Gäste und alle Mitarbeiter im Gärtchen des Fra Angelico ein Tanz angekündigt. Eleusius freute sich auf den Abend, auch Petrus und Zelus waren so frei und ließen es sich trotz aller Vorurteile nicht nehmen, inmitten der blühenden Büsche das Tanzbein zu schwingen. Die Gruppe der Religionsvertreter, der Gospel-Chor und einige der Engel bildeten drei Kreise, Petrus hielt dabei einmal die Bischöfin, ein andermal Rosy an der Hand, Zelus führte die Engelin Anastasia, die für ihren Einsatz während des Open Day viel Lob bekommen hatte.

Der nächste Morgen bedeutete für die Sängerinnen aus New York den Auszug aus dem Paradies. Rosy war betrübt darüber, diesen glücklichen Ort verlassen zu müssen, sie hatte in der Nacht viele schwere Gedanken gewälzt und bat am nächsten Morgen Petrus um eine kurze Unterredung.

Sie traf den Chefbeamten an einem Pult vor dem Lichtsaal. «Meister, ich weiß, Sie sind der Himmelspförtner, ich bitte sehr darum, im Himmel bleiben zu dürfen. Es ist wundervoll hier, auch bedeutet mir die Nähe zu Eleusius so viel!»

Petrus kratzte sich eine Weile an seinem Graukopf. Dann antwortete er: «Wissen Sie, ohne Anmeldung läuft hier nichts, Miss.»

«Anmeldung? Bitte schauen Sie doch nach», sie zeigte auf das dicke Buch neben ihm auf dem Tisch. «Ich bin doch gewiss bei Ihnen angemeldet.»

Petrus runzelte die Stirn, schlug dann den Folianten auf. Nach einer Weile fand er einen Eintrag. «Miss Rosy, hier ist es», er deutete mit dem Finger auf ein paar Zeilen. «Hier sind Sie tatsächlich verzeichnet!»

Sie schaute ihn hoffnungsvoll an.

«Also, Miss Rosy, Sie sind wirklich angemeldet. Doch die Anmeldung gilt erst in siebenundvierzig Jahren, fünf Monaten, siebzehn Tagen, drei Stunden … Also, Sie werden noch dringend gebraucht auf Erden.»

«Aber, Petrus, das ist so lange hin, dann werde ich zu alt sein für den Himmel.»

«Es gibt kein Alter hier, Miss», ertönte plötzlich die Stimme der Engelin Anastasia, die neben Petrus getreten war.

«Aber Eleusi? Wird er noch da sein, wenn ich komme?»

Petrus lachte. «Diese Wartezeit ist für uns Himmlische ganz kurz, ein paar Atemzüge, ein Augenzwinkern. Für Eleusius bedeutet das weniger als auf der Erde ein einzelner Tag.»

«Stimmt das wirklich, Meister Petrus?»

Er nickte. «Miss, merken Sie es sich: Wir leben hier im Glück der Ewigkeit.»

Inhalt

Eveline Hasler
Engel im zweiten Lehrjahr
96 Seiten, gebunden
ISBN 978-3-312-00449-2

Den noch nicht endgültig geläuterten Engeln wird zu
Weihnachten ein Urlaub auf der Erde gewährt. Der
Engel im zweiten Lehrjahr Eleusius wählt einen Ab-
stecher nach Manhattan – um Lift zu fahren! Allerdings
soll der Urlaub nicht allein dem Vergnügen dienen. Das
himmlische Management ist der Überzeugung, dass die
Irdischen heute Engel besonders nötig haben. Auch
wenn deren Hang zu menschlichen Schwächen für al-
lerlei Verwirrung sorgt. Für die Dauer einer heiter-
wunderreichen Geschichte lässt Eveline Hasler ihre
Leser auf Wolken schweben.

«Eine anrührende Weihnachtserzählung. In einer heu-
tigen Erzählwelt veranschaulicht sie das Wunder, das
Weihnachten für den Einzelnen bedeuten kann, wenn
er bereit ist, auf seine innere Stimme zu hören.»
Sibylle Saxer, *Neue Zürcher Zeitung*

Nagel & Kimche

Eveline Hasler
Der Engel und das schwarze Herz
120 Seiten, gebunden
ISBN 978-3-312-00541-3

In Waldsiedel herrscht Aufregung. Der für die Einklei-
dung der schwarzen Madonna verantwortliche Klos-
terbruder ist von der Leiter gestürzt. Ausgerechnet vor
dem Osterfest, wenn so viel Andrang herrscht! Das
himmlische Management findet diese Madonna aber
besonders wichtig für die Herzen und die Hoffnungen
der Gläubigen auf Erden. Auch wenn Petrus Bauchweh
dabei hat, wird der Engel Eleusius, dessen Ausbildung
noch nicht ganz abgeschlossen ist, zur Erde geschickt,
um dem Kloster zu helfen. Mit Eifer macht sich Eleusius an seine Aufgabe und gerät bald in sehr unheilige
Ereignisse.

«Mit einer gehörigen Portion Ironie nimmt sich die
Schweizer Autorin Eveline Hasler äußerst menschlicher Themen an und beschert ihnen erhellende und
auch erheiternde Lesestunden.»
Heike Strate, *Südkurier*

Nagel & Kimche